尚册文化 | 策划出品

打开世界之页

韩子偶拾

林初明 ◎ 著

北方文艺出版社

图书在版编目（CIP）数据

韩子偶拾 / 林初明著 . — 哈尔滨：北方文艺出版社，2024.3
ISBN 978-7-5317-6144-0

Ⅰ.①韩… Ⅱ.①林… Ⅲ.①散文集－中国－当代②诗集－中国－当代 Ⅳ.① I217.2

中国国家版本馆 CIP 数据核字（2024）第 007970 号

韩 子 偶 拾
HANZI OUSHI

作　者 / 林初明
责任编辑 / 张贺然　　　　　　装帧设计 / 尚册文化
出版发行 / 北方文艺出版社　　邮　编 / 150008
发行电话 /（0451）86825533　经　销 / 新华书店
地　址 / 哈尔滨市南岗区宣庆小区 1 号楼　网　址 / www.bfwy.com
印　刷 / 济南精致印务有限公司　开　本 / 880mm×1230mm　1/32
字　数 / 150 千　　　　　　　印　张 / 8.375
版　次 / 2024 年 3 月第 1 版　　印　次 / 2024 年 3 月第 1 次印刷
书　号 / ISBN 978-7-5317-6144-0　定　价 / 58.00 元

序

陈 雪

说起与初明先生的交往,还真有些"缘分"在里头。他于二十世纪八十年代末从韩山师范学院毕业之后分配到河南岸中学任教,我们同住一个"村",后来学校迁了新址,我也搬到了离河中一墙之隔的小区,又是同一个社区,这是地缘。他学的是中文,教的是语文,在学校搞过校刊和文学社,这与作协的工作内容有许多相近或相同的地方,这是文缘。再后来他去了教育局,我去了文联,是同一个文件调动的岗位,那时分管的区领导,每到年终都会把他分管的文教卫等系统的单位召集起来,通过"团拜年会"进行年终总结,加强部门之间的沟通交流,方便协调开展工作。文化和教育有着天然的联系,这样一来又自然多了一些工作上的交集,再后来因为共同的爱好,和接待共同的文朋诗友,酒量都不怎么好,酒德却不怎么坏。三两二两,我是黑里透紫像烟熏腊肉,他是红里透白如白灼基围虾。不是嗜酒更非贪杯,为的是那份待友的盛情和饭局的氛围,这算酒缘。有了以上的多种缘分,当他把自己的诗文整理出来准备结集出版时,我就自然想到要为这本书写几句话了。

我浏览了初明先生送来的两沓诗文书稿,百余首诗数十篇散文,写作的题材很是宽泛,几乎囊括了亲情友情、四季节律、树木花卉、民俗节庆、游历印记的方方面面,有些诗文曾见诸报刊,较为熟悉。记事述物,场景可辨,抒情表意,发自真诚,不炫耀,不作秀,不无病呻吟,且诗品不俗,诗味盎然。吸收了传统诗歌的审美元素,传递了诗人的心声,具有浓郁的人间烟火气和人情味。令我惊讶的是,很多是我首次读到的作品,我心想,近几年他一直在领导岗位,工作较忙,一定是潜藏于心的文学情结驱动,即便他再忙再累,一有闲暇,不但在读还在写,可我怎么也想不到,他竟然写出这么多首新作来。且文字简洁,用词准确,意象明晰,诗韵斐然。如《春霖》一诗,就让我眼睛一亮:"春鸟惯轻雷,海棠暗倚扉。朱帘褰素手,不道栀子肥。"这简短的四句二十字里,作者把"春霖"意境内涵都写出来了,而且抒发得如同霏霏细雨般的湿濡润泽,酣畅淋漓。鸟啼与雷鸣的声音,红色的帘子和素白的手,声音的大小,颜色的反差,把海棠暗倚、栀子肥硕的交织结合得很是到位。一个"褰"字看似生僻,用在这里与上句的"暗"字,意蕴吻合,对仗工整。"褰"的原义本是动作迟缓，延伸过来就有寒涩不畅兼呆滞的意思，栀子又称黄果子，声色同俱，情景交融，两者对应正是传统诗歌的审美境界。记得杜甫《旅夜书怀》中有"星垂平野阔，月涌大江流"之句，一个"垂"一个"涌"堪称神来之笔。想象之中，旷野辽阔，星辰近低远高，最近处似伸手可摘，故用一"垂"字妙不胜言，再平视前方，江面浩淼，月从水中跃出，用"涌"字倍觉生动。后人在赏析此诗时，每每被这两字营造出来的独特意境所感染。

再如《夜钓》一诗，也颇有古韵意境："三更宿鸟昏，艾老倚石墩。灯起鱼声落，独钓一湖春。"时属深夜，百鸟入巢，有人水边垂钓，一起一落，鱼跃有声，偏钓得一湖春水。这是一个万籁俱寂雾锁江辰的深夜，这种渲染和烘托，既突出了夜钓的孤寂和执着，又流露出专注的恬淡闲逸和无争，把语言美、画面美和情感美融为一体。读诗至此，自然会想起柳宗元"孤舟蓑笠翁，独钓寒江雪"诗中的美妙意境。古诗词语言的高度凝练性是有别于其他文学体裁的，一个明显特征，就是它的字句必须精准而富于张力，有以一当十、一字传神的效果，这正是我们学习古人诗歌经典时要注意的部分。如杜甫笔下的"窗含西岭千秋雪"，如果用"外"字也未尝不可，但"含"与"外"在特定的环境里，意境迥异。"含"的视角更能反映出诗人从窗口看见西岭的积雪和由此衍生的各种景物，自然就有了不同的效果。

　　由此可见，初明先生在研读古诗词上是下了功夫的。得益于古典文学的滋养，他的古诗创作，既有传统古韵，又有时代气息，且得心应手，娓娓道来。他写《春思》《秋醉》《冬夜》系列组诗，把一年中的冷暖变化与心境相结合，景物交迭依序写出，最后再用《一日四时》来了个小结："一年光景半炎凉，朝暖夕寒日月长。苍狗白云闲过隙，春夏秋冬总思量。"情由心生，境也由心生，诗言志，诗亦言意，人生光景不正如一年四季风景，既像白驹过隙，又是朝暖夕寒，这才吻合人生的原义。

　　作者是个孝子，我们曾读过王维《九月九日忆山东兄弟》，此诗写出了游子的思乡之情。诗人身处异地孤独凄然，因而时常思亲，遇到良辰佳节思念尤甚。在民俗重阳节登高之时，一首含蓄深沉、曲折有致的思念家兄之作被创作出来。初明先生在重阳佳节写的不是思念兄长，而是父母，这是受到王维诗词的熏陶和影响激发出来的思亲之情。"金风捋菊赋重阳，丽日登台眺故乡。对酒迟疑思老窦，凭栏叨念问慈娘。儿孙勤奋添福泽，父祖康安乐寿祥。岁月如流同白首，齐眉携手看鸳鸯。"在这首诗里作者除了抒发了对父母的诚挚的思念之情，更多的是基于祝福，其中有些字词用得非常贴切，"对酒""迟疑""凭栏叨念"，而"老窦"及"慈娘"妥贴地活用了方言，更显得质朴自然，不失为一首耐读的重阳思亲诗。作者热爱生活，喜客重情，所以才有《小聚》里"清歌几曲忆旧情，两碟小鲜话亲恩"的场景，和"老酒一壶茶一盏，高山流水自娱神"的快乐。

除此之外，他对树木花卉的观察也颇为细致，如《题〈牡丹〉画》："流香四下惊，溢彩照华庭。滴翠东君意，团红拥太平。"还有《牡丹》诗中的："国色九州名，花开动万神。三春蜂蝶老，风韵总娱人。"着墨不多，但把牡丹的色彩、形态、热烈奔放的风韵都勾勒出来。《对莲》中的"红前未惧风兼雨，碧上方思道合时"和《木棉》中的"虬枝龙干顶梁柱，铁骨柔肠贯日虹"都极具意象，颇有韵味，为树木花草赋予了新的生命光彩，也寄托了诗人对美好生活的憧憬和向往，形成了一种诗中有花，花中有诗的艺术默契。

我自认为，诗歌中能写出生活的感受和生命的感悟，这是一种心存感恩，又能独自远行的诗性，初明先生知道谢父母却不做作，知道谢天地却不迷信，知道谢朋友却不攀附，对每一粒种子、每一株花草、每一缕清风的感恩都出自内心的真诚。诗歌出自真诚，哪怕是几句大白话，也足以得到认同和认可。

谈了诗歌该谈谈散文了，他的散文写作以游记散文居多，有些文章所述所记还是与我一同亲历过的。比如《湘西散记》的这次为时一周的自驾游，我们曾深入到湘山腹地的村寨，共同领略了湘西的风土人情，感受到湘西民风的古朴与淳厚。在这七天的行程里，我们走了不少地方，我没有留下只言片语，他却写下了洋洋洒洒的一大篇游记。其中他写了最多的便是凤凰古城和去土家族寨中做客的经过与感受。凤凰古城是沈从文先生的故乡，也是他的文学精神寓所。记得我们当时曾一起去到江边的沈墓，默诵沈先生《边城》中的段落作一番凭吊，作者一定是在冥冥中感受到沈老先生的鼓励，故在此着力描述了古城的风景；"飞檐凌空，斗拱交错的吊楼"，"头戴银冠，服饰艳丽的苗族姑娘"，从而想到郭沫若的《凤凰涅槃》，《凤凰涅槃》自然与边城无关，但作者不着边际的联想显然是被这种奇妙的人文风景所打动了，才有了如此飞越的臆想。土家族人盛情豪爽，他们在接待远方来客时的那种热情和真诚，着实容易让人感动。"一路颠簸，我们来到了小宋家，车未停稳，一阵响亮的爆竹声在山谷中传来，那是小宋的父母在迎接我们这帮远方来的客人，那声音悠长、回荡，那声音醇厚、热烈，好像是小山村里在过大节日一样。我们还没下车，就已被主人家的热情好客所感染，心底也都真的是把自己当贵客了。"这个场景让我记忆犹新。只有零距离的接触山民，深层次的体验生活，初明先生才有对这方神秘土地的温馨记忆。除了《湘西散记》，文集中的《外滩源壹号》《缘游》等，都是写得不错的游记散文，跟着作者的笔触，可以走进历史文化的街巷深处，领略那时空穿梭中的远古与现代、荒野与文明碰撞出的瑰丽多姿。

是为序。

癸卯冬月写于惠州枫园书屋

（序者系中国作家协会会员，中国散文学会理事，广东省报告文学学会副会长，惠州市作家协会主席，《东江文学》主编）

目录

辑一　拾韵

003　　自　娱
004　　春　夜
005　　春　霖
006　　节临大雪
007　　夜　钓
008　　随　机
009　　风铃树
010　　牡　丹
011　　题《牡丹》画
012　　对　莲
013　　木　棉
014　　方　竹
015　　黄花风铃
016　　家种蝴蝶兰
017　　落　叶
018　　张生荷花图戏作三题

020	咏　马
021	早　春
022	春　思
023	春　暖
024	春　歌
025	春　欢
026	春　伤
027	冷　春
028	春雨初晴
029	二月初雨
030	初夏二首
031	元　旦
032	乙未二月二
033	庚子龙抬头
034	清　明
035	小暑骤雨
036	七　夕
037	甲午中秋
038	癸巳中秋
039	八月十五
040	河畔早秋
041	秋　醉

042	十月十五
043	初　冬
044	甲午立冬
045	冬　夜
046	冬　至
047	冬日漫步
048	寒露遣怀
049	腊月十五遇雪
050	冬晴下乡
051	癸巳冬首雨
052	一日四时
053	祠堂元旦
054	回乡过年
055	清明祭祖
056	悼亡弟
057	九月九日致高堂
058	再过"六一"
059	国庆感怀
060	居家消假
061	教师节迁居
062	感　怀
063	晨　见

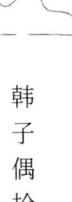

064	午酌即景
065	凭窗夜眺
066	夜　归
067	失　眠
068	星夜浮梦
069	辗　转
070	甲午即事
071	小　聚
072	寻　石
073	独坐幽园
074	拔　牙
075	饮　茶
076	探　茶
077	塞车自由行
078	花　开
079	易安居士诞辰
080	幸会陈正先生
081	贺汪生书画集面世
082	贺少虹同学履新
083	江畔舞女
084	同学会感怀二首
086	堃儿小升中

目录

087　贺奕衡参加市少代会
088　奕衡初度
089　再战百日
090　人行立交
091　鸣　蝉
092　"天兔"强台风
093　雾　霾
094　雨　后
095　校园一隅
096　金山河偶拾
097　惠州印记
098　快艇游东江
099　西湖晴夕
100　西湖观雨
101　俯视鹅城
102　平湖秋日
103　与客夜游丰渚园
104　到红花湖
105　秋到罗浮
106　南海泛舟
107　黄埔海湾
108　望海思

109	高空观海
110	机上遐想
111	做客湘西
112	凤凰夜色
113	天门山路
114	湘西行吟
115	过玻璃栈道
116	凤凰晨曲
117	到访芙蓉镇
118	天门洞
119	天下第一桥
120	芙蓉飞瀑
121	凤凰山夜行
122	柘林湾
123	佗城访古
124	五指石揽胜
125	云水谣
126	行访闽西南
127	惠安夜语
128	走马朱家角
129	行走海南
130	车过华北平原

- 131　红旗渠
- 132　万亩茶园
- 133　古榄园
- 134　悼先父四首

辑二　拾萃

- 141　外滩源壹号
- 145　湘西散记
- 154　缘　游
- 159　复活的小河
- 162　拆不了的学校
- 168　童年那些事
- 174　这算是初恋吗
- 180　随　缘
- 187　写给我的双亲
- 194　今年中秋月最圆
- 199　早行，处处是风景
- 203　柘林湾与耕海人
- 207　微　信
- 211　一夜起伏
- 214　为父亲回忆录而记

219　范和村——和谐之范
224　重拾回忆
232　我与河南岸
237　钓　鱼

243　后　记

辑一 拾韵

自 娱

林泽闲度日,
初雨听松风。
明月抬头近,
乐观塞上鸿。

春　夜

阳春初月明，
江岸柳风轻。
树杪鸟声细，
池前蛙语清。
踏青出新意，
触目思古情。
借他一樽酒，
伴我歌满亭。

春 霖

春鸟惯轻雷，
海棠暗倚扉。
朱帘褰素手，
不道栀子肥。

节临大雪[1]

薄雾日迟迟,
微凉着薄衣。
红云藏野树,
碧水拍湖堤。
才听儿童笑,
忽闻喜鹊啼。
孰言北风恶,
我自爱佳期。

---

[1] 大雪:二十四节气之一。

夜 钓

三更宿鸟昏,
艾老倚石墩。
灯起鱼声落,
独钓一湖春。

随 机

更深梦魂浅,
迟昕雾霾稀。
千山鹰鸟叫,
明月照沟渠。

风铃树

风铃情缕缕,
怀恩窃窃语。
仲春方料峭,
黄英满树举。

牡　丹

国色九州名，
花开动万神。
三春蜂蝶老，
风韵总娱人。

题《牡丹》画

流香四下惊,
溢彩照华庭。
滴翠东君意,
团红拥太平。

对 莲

拍遍江南鱼戏辞,
濂溪绝唱几人知。
红前未惧风兼雨,
碧上方思道合时。
淡抹浓妆穿粉蝶,
捋香点翠啭黄鹂。
满湖清气谁同赏,
邀月横琴向竹篱。

木 棉

便无绿叶已鲜红,
百代纷纷缥缈中。
三月东风舒望眼,
千山火树现神工。
虬枝龙干顶梁柱,
铁骨柔肠贯日虹。
花国丈夫非谬赞,
平生伟岸且从容。

方 竹

未识真容暗揣摩，
近观佳韵绿婆娑。
当风塔影真曼妙，
破土苞尖便嵯峨。
玉体初成知正直，
纤腰细抚不腾挪。
何须万里寻仙道，
气节高标出绮罗。

辑一　拾韵

黄花风铃

细雨荣春润古斋，
分明缘梦下凡胎。
金黄袭袭轻柳色，
款款深情入望来。

家种蝴蝶兰

贺岁芝兰意外妍,
芳菲满宅占春先。
轻舒彩袖学西子,
迢递幽香解语仙。

落 叶

流光不久怅别离,
顾盼同来零落迟。
奉献终生诚有憾,
义无反顾化新泥。

张生荷花图戏作三题

相聚荷池

接天碧叶簇芳容,
浅草游鱼觅影踪。
池上清风香自远,
亭前胜友醉新红。

好色有鱼

欲托青莲不可期,
深盟鳞羽最心仪。
暗香蝴蝶解花语,
十里春风自有余。

虽败犹荣

西风憔悴百芳屈,
菡萏香销生意枯。
不染泥污别有种,
九州脂粉一时除。

咏 马

龙骨铜声金络脑,
奔腾岁月踏风云。
天生汗血乘黄出,
沙场归来不记名。

早 春

蜻蜓未去蜜蜂来,
含笑参差百合开。
柳眼紫荆桃李艳,
禾苗风信燕莺乖。
楼台常任鸣琴奏,
池阁听凭锦鲤裁。
最是一年春正好,
闻鸡起舞壮襟怀。

春 思

东风吹碧满湖波,
大策中兴正广播。
奋起吾曹齐勠力,
争先恐后任高歌。

春　暖

杨柳依依十里堤，
湖山如梦鸟争啼。
东风送我满园绿，
我借东风长促膝。

春　歌

风剪柳芽燕啄泥,
云开湖面芳草色。
大野田家铁牛欢,
州郡楼台管弦特。
南北千城齐讴歌,
上下同心施良策。
正是国族好光景,
群雄踊跃来相贺。

春 欢

骏马飞奔岁月迁,
神州乐奏太平年。
风清气暖百花宠,
雀跃莺迁众志掀。
大地千秋腾瑞气,
高楼万户纵欢颜。
居安常忆脱贫事,
杯酒交亲夜未眠。

春 伤

芳春二月究可怜,
霾乱乾坤未能前。
欲把新词拟行路,
岂容旧赋墓桑田。
梦魂郁郁人将老,
诗酒翩翩夜不眠。
逝水如斯须奋发,
只争朝夕莫等闲。

冷 春

孟春犹似腊初残,
南国风霜北国寒。
天地同期花朵朵,
山川齐觉路漫漫。
长城梦里连朔漠,
黎庶风中壮屏藩。
热血一腔登高唱,
誓为神州靖困难。

春雨初晴

白云出岫照晴柔,
梅柳争先燕鹊休。
满地湿红逐绿水,
新词一曲再登楼。

辑一 拾韵

二月初雨

二月从容百草新,
山花叠彩蜜蜂勤。
六如亭外西湖柳,
一剪春梅雨纷纷。

初夏二首

（一）

桃李杨梅子满枝，
石榴芍药渐红时。
蔷薇朱瑾惊回首，
垂柳新荷正依依。

（二）

池塘稚子嬉新水，
风雨才人觅旧知。
庄生蝴蝶今何在，
精卫衔石我有思。

元 旦

一年伊始待春来，
不负韶华细剪裁。
斗转星移烟雨阔，
龙骧虎步胆胸开。
初心品读宜砥砺，
国梦追求莫徘徊。
壮思云帆济沧海，
江山万里自快哉。

乙未二月二

二月春分初二并,
青龙举首雨纷纷。
鸣蛙飞燕百虫振,
吐绿堆红满眼芬。
胜日踏青非迷信,
吉时理发为养身。
车程正好九千九,
催我乘风更喜奔。

庚子龙抬头

早醒听闻鹊乱啼,
窗纱微透沐春曦。
园中浮雾欺树矮,
湖底沉云笑天低。
霜鬓何妨添境界,
宽心自可发生机。
瑞龙昂首腾千里,
誓扫妖氛固国基。

清　明

平明丝雨净微尘，
小径新芳接远岑。
莫道嫩寒无雅兴，
东风已醉早行人。

小暑骤雨

才睹金光掠大空，
便闻雷震耳将聋。
风沙狂啸折杨柳，
雹雨高摧压竹松。
云撼重楼昼成夜，
山摇九衢灯作虹。
东江十里涨潮急，
一笑平生来去匆。

七 夕

鹊桥成路路成行,
牛女银河魂梦清。
凡仙携手传佳语,
碧海青天无限情。

甲午中秋

白露中秋一日逢，
晨岚午雨涤尘封。
牵云弄月争鼓舞，
采菊插茱纵鹰鹏。
怀远柔肠真快畅，
凭栏豪气更从容。
幕天席地人无忌，
杯酒高呼唱大风。

癸巳中秋

一派苍穹玉镜明，
银辉泻落九州清。
儿童椰奶争甜饼，
珍馐茅台壮激情。
建设国家图大治，
指挥河岳向中兴。
今宵四海同额首，
万丈心香叩月灵。

八月十五

月半秋中月最玄,
逍遥终古为谁悬。
朋侪执手察时变,
父老交杯话岁旋。
江畔鸳鸯三鼓冷,
楼头星宿九霄闲。
生逢盛世人情好,
一阕新词破梦圆。

河畔早秋

乍起寒蛩不住鸣,
经霜萝竹未骄矜。
池中楼阁辉寒魄,
道上霓虹画彩林。
雁鹤喧喧天下客,
橘鲈岁岁故园心。
关山万里襟怀阔,
霁月光风乐庶民。

秋　醉

暑气将消秋色回，
初凝清露桂香飞。
情浓九曲①当风饮，
一抹酡红戴月归。

---

① 九曲：西湖九曲桥，此借指惠州。

十月十五

望日初冬人迹稀，
白云追月九天低。
朔方残雪空飞舞，
南国红枫未当时。
万里湖山三尺剑，
满怀情绪一车诗。
登楼但笑真凉爽，
故地他乡二路岐。

初 冬

寒云密布拢新城,
短雨稀疏润老藤。
细数庭前千里梦,
静思人世四时程。

甲午立冬

中宵木落北风寒,
斜雨孤舟百草残。
独上高楼张望眼,
心知阳气已生涵。

冬 夜

午夜西风客梦凉,
敲窗斜雨断离肠。
乡思愿化羽绒被,
温暖高堂寿且康。

冬 至

黄花带露鬓微霜，
小曲轻风动别肠。
衣袖不寒心更暖，
形容渐老志犹长。

冬日漫步

白云碧树鸟鸣嘤,
曲道微风起落英。
水静晴柔心境好,
神闲气正且徐行。

寒露遣怀

长风一夜卷罗浮,
黄谢红残凋碧梧。
落木萧萧霜满地,
征人郁郁鬓粗疏。
如诗时节天然甚,
似梦生涯入俗无。
美酒千杯交善友,
读书万卷作穷儒。

腊月十五遇雪

西湖争道腊梅残,
冰雨横江入大关。
白玉漫天飞世界,
红英遍地卷阑杆。
朔风着意添颜色,
南国无辜报苦寒。
百里苍茫书画卷,
满城静好思飘然。

冬晴下乡

雨过霾除日色亲，
山花招展物华新。
低眉老丈扎园圃，
俯首青牛逐草茵。
盘涧潺潺真贴切，
鸣禽呖呖颇殷勤。
长居闹市浮华甚，
怅失芳村作比邻。

辑一 拾韵

癸巳冬首雨

天阴物燥露霾沉,
憔悴群芳树掸尘。
昨夜风声吹落木,
今朝城阙降甘霖。
池塘水涨穿锦鲤,
田野香清挺霜筠。
千里家家神气爽,
康居乐业庆升平。

一日四时

一年光景半炎凉,
朝暖夕寒日月长。
苍狗白云闲过隙,
春夏秋冬总思量。

辑一 拾韵

祠堂元旦

日暖高香缭绕升，
焚钱酹酒报门庭。
抚今忆昔真慷慨，
祖德宗功万世情。

回乡过年

霞光五彩照山巅,
紫气东来碧树鲜。
辗转无眠亲故土,
沉吟着意报先贤。
十年劳碌人无倦,
一路风云心亦甜。
忠孝久怀真意有,
沧桑只恨老亲颜。

清明祭祖

天朗神清逐燕行,
提珍倾玉叩先灵。
追思祖训兴家业,
一炷心香到地庭。

悼亡弟

聪慧麒麟祖辈期,
未尝珠玉便仙离。
断肠裂胆母忧郁,
顿足捶胸父失仪。
姊妹含悲拔枯草,
弟兄啼血覆新泥。
独游卅载魂何处,
长梦五更泪湿衣。

九月九日致高堂

金风捋菊赋重阳，
丽日登台眺故乡。
对酒迟疑思老窦，
凭栏叨念问慈娘。
儿孙勤奋添福泽，
父祖康安乐寿祥。
岁月如流同白首，
齐眉携手看鸳鸯。

再过"六一"

年逢知命学儿童,
便似垂髫逐草丛。
篱下白云寻过往,
绿杨阴里醉颜红。

国庆感怀

九州同庆乐清秋，
半百人生不入流。
辞祖离乡歌逆旅，
执鞭捧册效孔丘。
初心教政真劳碌，
事业征途奋参修。
家国豪情齐奔涌，
千山万水任遨游。

居家消假

十月秋枫次第红,
连休节假未匆匆。
闲居闹市开金橘,
静读长篇倚塞鸿。
不受行途跋涉苦,
而无车马堵喧拥。
黄花自在人清净,
杯酒盏茶兴倍浓。

辑一 拾韵

教师节迁居

黄花时节喜乔迁,
宿梦成真乐欲癫。
旧日挑灯场屋冷,
今朝伏案磐石坚。
韦编三绝勤为主,
驽马十天志不迁。
名利轻抛千里外,
先忧后乐效前贤。

感 怀

春宵乍醒酒犹酣,
鹊闹莺歌动画栏。
越岁朝霞红绰约,
经霜老竹翠依然。
贫寒富贵云中易,
善孝仁忠醉里难。
风雨平生堪指点,
丹心一片梦魂安。

晨　见

寒风凛凛发飘飘，
湾畔听涛不寂寥。
四五扁舟歌自得，
二三钓客乐逍遥。
花开花落合时节，
鱼跃鱼潜逐浪潮。
最爱湖山知鸟性，
悠然南郭久闻韶。

午酌即景

蓝带三钟西子醺,
清流浊浪两分明。
门前风物先生柳,
足下烟云慰此生。

凭窗夜眺

倦鸟归巢夜幕垂，
流光十里驰车回。
平安路满中国结，
惬意茶斟玛瑙杯。
桥上霓虹描锦绣，
湖前台榭斗芳菲。
良宅正好遮风雨，
以德为邻不自卑。

夜 归

斜风细雨扶墙归,
绿树红花一路随。
酒为知交须满酌,
情同手足莫亏违。
平生意气无高企,
胸次德行未自卑。
阅尽人间多少事,
不道是是与非非。

失 眠

三更四叹奈何天,
况味杂陈夜不眠。
往事烟云心上涌,
前程忧乐酒中牵。
貂裘暗敝谁人识,
骏骨黄金别处贤。
顿悟平生清净理,
焚香净手抚琴弦。

星夜浮梦

醉卧秋风沐露庭,
梦回少壮踏歌行。
十年酣战长城壮,
一日横行四海清。
只手轻移千里月,
开怀狂揽满天星。
醒来不记身何处,
惆怅人生爱盗名。

辑一 拾韵

辗 转

夜半香衾冷欲眠,
更深梦远路三千。
愁怀未了情将暖,
觉醒潸然湿枕沿。

甲午即事

经风历雨知天命,
解袖收心欲赋闲。
一纸文书卅字里,
百年教业万军前。
承先启后纡筹策,
踏浪争锋勇领衔。
汗水蒸腾抒岁月,
春秋夜夜效前贤。

小 聚

清歌几曲忆旧情,
两碟小鲜话亲恩。
投箸停杯伤往事,
感怀飞信说新忱。
时疏腊味堪欣赏,
细雨长风任杂陈。
老酒一壶茶一盏,
高山流水自娱神。

寻 石

天蕴奇石百梦求,
河滩江畔往来搜。
三川翻遍嶙峋物,
两手空空不入流。

独坐幽园

吉星隐隐月朦胧,
曲径流春香欲凝。
夜坐花间听物语,
浩茫心事付启明。

拔 牙

智齿无功混卅秋，
伤邻残己莫期留。
锤敲凿子头将裂，
钳铰牙根血竞流。
顽抗全凭骨作盾，
披猖皆是肉为囚。
奔波两院消遗祸，
半日痛除了烦忧。

饮 茶

雅室甘泉煮一壶，
偷闲觅静会鸿儒。
乾坤日月杯前看，
上下春秋茶里抒。
家务社情当佐料，
兰香荷韵入新图。
清茗浊酒两般话，
道似其间万卷书。

探 茶

天生奇骨任浮沉，
历尽铅华可屈伸。
借得澄湖三万顷，
煮茶学佛洗凡尘。

塞车自由行

捶胸错付自由行,
高速路成车展坪。
宝马丰田蜗牛步,
长吁短叹苍蝇鸣。
千车阻滞人遛狗,
寸步难移鬼吹灯。
苦笑摇头称奇绝,
日升日没百里程。

花 开

阳春气象最倾心,
风暖河山正宜人。
塞上长龙腾岁月,
秦中大纛壮乾坤。
九州鹏举安天下,
百代复兴承古今。
盛世生逢真庆幸,
添砖加瓦报忠忱。

易安居士诞辰

一剪梅传李易安,
词雄漱玉小重山。
书香缱绻渔家傲,
眼界空濛菩萨蛮。
点绛唇歌长寿乐,
醉花阴赋临江仙。
采桑子说行香子,
蝶恋花开鹧鸪天。

幸会陈正先生

米寿^①陈君百二奇^②,
生花妙笔后生迷。
如飞健步追童稚,
若谷虚怀赋壮词。
德劭名高凭弄墨,
乐仁爱善肯题书。
自嘲满座争倾倒,
痛快淋漓杯莫迟。

---

① 米寿:八十八岁。
② 百二奇:陈正少时有奇文被先生批了一百二十分的高分。

贺汪生书画集面世

泼墨挥毫赋性情,
擅书工画写真经。
刚柔并济章法好,
形意兼收韵味清。
苍润雄浑山水秀,
淋漓酣畅花鸟灵。
专攻术业八千里,
德艺双修有大名。

贺少虹同学履新

学勤志毅颖资聪,
细作深耕济世穷。
博爱良知真善美,
担当决策信谦恭。
半生忧喜颇知足,
卅载风霜恁放松。
故里今春圆夙梦,
芳华落落建新功。

江畔舞女

朝阳沐浴百花繁,
青鸟白云自在穿。
翠袖红颜春气暖,
明眸皓齿电波寒。
行云流水一番舞,
脱兔惊鸿上乘禅。
顿挫淋漓飞蛱蝶,
惊呼四众自超凡。

同学会感怀二首

（一）

笔架同窗三载久，
湘桥一别廿余秋。
跋山涉水惊重聚，
把手搊肩问不休。
美酒千杯敬师长，
衷肠九转呼旧俦。
康乐百年期不老，
多为我辈写风流。

（二）

不惑重逢思不禁，
同窗同学旧情深。
小贫大贵浑无谓，
高唱浅斟任率真。
揽月屠龙挥意气，
披风襟雨畅平生。
酡颜酒后拍花眼，
照得韶华自在身。

堃儿小升中

脱稚迎新上层楼,
扬鞭策马不自愁。
博观约取为天理,
并蓄兼收待运筹。
有路书山无捷径,
无涯学海有扁舟。
琢磨脚下三千路,
锤炼胸中万丈谋。

贺奕衡参加市少代会

少年盛会夏初开,
赤子初登主席台。
正气阳光霑雨露,
端庄心态扫尘霾。
明师教导铭座右,
上长提携思根荄。
漫道雄关跋涉苦,
弱冠已报好风来。

奕衡初度

年华二九究何期，
春色如金务重持。
豁达沉雄除幼稚，
谦恭和善筑根基。
峰回路转能知远，
虎啸龙吟且待时。
跌宕人生无所惧，
行藏千里不心欺。

再战百日

磨剑十年昼夜拼,
百天冲刺骨筋灵。
闻鸡起舞无惆怅,
奋马扬鞭学虎贲。
懒惰常言耕读苦,
豪雄每喜岁时新。
卧薪尝胆天难负,
擘浪掀波报好音。

人行立交

驾雾腾云出半空,
红尘滚滚各西东。
分流人海八方顺,
一道长虹汗马功。

鸣 蝉

东方既白日将初,
早醒鸣禽争碧树。
振腹高枝言知了,
烦神惊梦欺晨露。
悲声呓语嗔无妄,
历夏经秋恼唐突。
西陆名声寓品节,
苍生顾盼计将出。

"天兔"[1]强台风

天兔无端霹雳崩,
乌云泼墨暗千峰。
长风肆虐摧南岭,
暴雨猖狂卷粤东。
倒海翻江掀巨浪,
居家靠港有奇功。
支援救助齐联动,
众志成城缚恶龙。

---

[1] 天兔:台风名称。

雾 霾

莽莽灰沙暗翠楼,
昏昏金虎①正蒙羞。
游鱼辗转忧衔尾,
飞鸟伸张惧碰头。
废水空污伤黎庶,
呼声怨气怅蜉蝣。
何日控温清环保,
海碧天蓝竞自由。

---

① 金虎:指太阳。

雨 后

仲春豪雨劲风疾,
百里伏霾四下除。
极目楼头观北海,
寻芳湖上映罗浮。
丛竹流翠啼黄鸟,
烽火①堆朱入画图。
万物复苏真壮阔,
从容迈步上新途。

---

① 烽火:木棉花别名。

校园一隅

一池菡萏暗香盈,
几个雪鸭戏短亭。
细柳新敷萧娘粉,
红蜓轻点水上菱。
石楼倒影惊游鲤,
桃李成行畅早莺。
最是校园光景好,
春风化雨育群英。

金山河偶拾

金山河畔月黄昏，
夹岸通明不夜村。
轻拂花枝风细细，
暗拥桥拱水骎骎。
情缘皓首行初步，
酒对红尘唱早春。
十里烟波真绮丽，
乾坤朗朗笑声纷。

辑一 拾韵

惠州印记

岸碧披红两分流，
南昆大亚鹅岭秋。
罗浮高隐人烟在，
挂榜春霖鹤迹留。
双月巽寮清浅水，
五湖花鸟雨云楼。
匆匆来去临沧海，
久已神魂梦自由。

快艇游东江

如火残阳楼顶悬,
新钩初月彩云间。
长河满目千帆竞,
大道横空百姓喧。
衣袂飘飘飞浪起,
情怀落落伟图圆。
人生得意御风走,
胸胆开张更向前。

辑一 拾韵

西湖晴夕

玉塔临风夕照微,
苏堤杨柳沐春晖。
惊波百鸟争投树,
归去行人笑语飞。

西湖观雨

泼墨黑云万顷摧,
千弓万箭竞奔来。
飞到苏堤忽吹断,
一湖烟雨似蓬莱。

俯视鹅城

登高俯瞰古城新,
西子含情河水亲。
错落楼台光日月,
绵延街路走人民。
鹅山缱绻十年梦,
挂榜操持百代心。
午后晴阳时正好,
春风浩荡有知音。

平湖秋日

天高时节壮思飞，
黄菊金茶次第开。
群鹭低翔云弄水，
孤松高耸柳围台。
摩肩接踵人归去，
历古将新雁又来。
对酒挥毫驱锦鲤，
湖光山色费心裁。

与客夜游丰渚园

纤云弄月鸟依依,
醉步微风垂柳欺。
曲道重移山水色,
湖光粉黛两相仪。

到红花湖

石壁红花影色殊,
春霖高榜起宏图。
水帘飞瀑活城市,
龙跃凤栖诧妇孺。
景易神移飞倦鸟,
天清地阔走浮屠。
骑行绿道知拼搏,
云卷云舒甚自如。

秋到罗浮

胜地逢秋欲赏秋,
黄龙白鹤任勾留。
飞云顶上观沧海,
玉女峰前望五洲。
洗耳桃园谁问道,
涤尘白水[1]我参修。
梦梅[2]啖荔[3]人何在,
日月乾坤一斛收。

---

[1] 黄龙、白鹤、飞云、玉女、洗耳、桃园、涤尘、白水:都是罗浮景点。
[2] 梦梅:指赵师雄。
[3] 啖荔:指苏东坡。

南海泛舟

击壤高歌大浪头，
追鸥逐鹭纵飞舟。
吞天沃日浑无惧，
十里罡风任壮游。

黄埔海湾

一湾澄碧照晴天,
两岸葱茏云水牵。
鸥鹭低翔翻白羽,
鱼龙潜跃弄青莲。
渔家高唱逐风浪,
游客欢呼证海田。
精卫衔石心未竟,
默娘护驾已登仙。

望海思

长风浩荡碧云移,
沧海横流正及时。
漫卷千层摧半岛,
狂奔百里袭群堤。
扁舟起落知水远,
健羽夭矫恨天低。
大器有容真自许,
虚怀若谷谁能欺。

高空观海

俯视青蓝海同天,
长帆点点掠云间。
仙洲构画丹青卷,
瑞霭描摹巨壑田。
碧气团团歌暖暖,
风车簇簇舞翩翩。
重阳最是秋菊傲,
六合熙熙醉大仙。

机上遐想

铁鸟凌空欲问嫦,
翱翔玉宇扣天蓝。
巡游万里追星月,
俯瞰千寻闪岛帆。
静水镶成青碧镜,
白波掠过客轮蚕。
儿时幻想今非梦,
猛进突飞技不凡。

做客湘西

湘西千里久心倾,
把酒言欢份不轻。
土味土楼真乐土,
情深情挚畅人情。
高山流水歌无邪,
修竹茂林韵透明。
胜日最难齐携手,
穿村越寨伴我行。

凤凰夜色

沱江九曲意未闲,
古镇弦歌夜不眠。
吊脚披霜呈铁骨,
城楼结彩焕新颜。
飞檐隐约说苗土,
斗拱凌空见沧田。
盛代边城活力显,
湘西画境梦千千。

辑一 拾韵

天门山路

万丈峰峦欲破天,
千弯狭道绕云间。
回眸险谷通幽谷,
屈指行程豪气添。

湘西行吟

十年一梦楚湘情,
千里风华四下行。
酉水龙山神气足,
大庸仙境樽俎盈。
辰溪溆浦凤凰出,
苗调土腔歌舞明。
辗转岩峦人不倦,
前途漫漫水云平。

过玻璃栈道

顶上天门飞练悬,
徘徊指顾万山尖。
登峰造极志将满,
驾雾腾云兴未全。
讪笑原为心悸悸,
踟蹰多是感千千。
人生坎坷多艰险,
斩棘前行梦自圆。

凤凰晨曲

薄雾披纱不见痕,
如酥雨脚化轻尘。
艄公摇橹输行客,
苗女放歌动路人。
袅袅炊烟福满巷,
声声爆竹喜盈门。
旧街漫步寻踪迹,
极目古城思见闻。

到访芙蓉镇

土家酉水建王村,
游客营盘寻古埠。
铜柱立盟干戈化,
吊楼观瀑河山兀。
青石走马忆百濮,
画廊酝酿通天路。
僻壤芙蓉光景好,
岭南寓此有奇福。

天门洞

仰观如月挂中天,
近看天门到眼前。
云雾虚实风飒飒,
星辰隐约思绵绵。
岩崖百丈花几许,
河岳九州路三千。
憾事平生轻放过,
终归一梦落尘间。

天下第一桥

万丈葱茏第几旋，
一桥飞架两峰牵。
荡胸云霭沉沉阔，
入眼关山细细湮。
难测幽深龙回首，
可观奇绝鹤比肩。
凌空漫步足生彩，
品味人生天地间。

芙蓉飞瀑

吊脚楼前百思飞,
山头酉水激流垂。
鸣泉珠玉溅白雪,
素练霓虹响惊雷。
未懈东流期入海,
无言北望欲倾杯。
前程莫问多艰险,
奋力担当不皱眉。

辑一　拾韵

凤凰山夜行

石径山风起凤凰，
星云闪烁走沧桑。
儿童夙梦壮年醒，
往事招摇欲断肠。

柘林湾

碧水微波十里烟,
渔家辟作万顿田。
群鸥振翅掠沧海,
万户丰收鱼蟹鲜。

佗城访古

王旗一举出龙川，
抗汉分秦事大难。
和辑通婚平交趾，
精耕聚族入岭南。
开疆拓土通商业，
劈地筑城设教坛。
千载沧桑经过也，
遗民犹自祀石龛。

五指石揽胜

鸡鸣三省育仙葩,
五指山高飞彩霞。
天道青云开天指,
人文隆武忆人家。
怪石怪洞混元塔,
奇树奇藤一线崖。
行至朱明光世景,
查干风色尽英华。

辑一 拾韵

云水谣

杨柳东风云水谣,
沧波万顷自雄豪。
纷纭旧事说结果,
婉转春歌思根苗。
古道千年榕挺拔,
新街百岁人逍遥。
能和贵处堪怀远,
儿女千千竞谒朝。

行访闽西南

百里武夷涌绿潮,
平川千处客楼高。
层峦叠嶂无匪燹,
疏竹深林有诗骚。
袅袅炊烟见人迹,
潺潺流水过板桥。
紫阳夫子①经行处,
温酒围炉兴倍豪。

---

① 紫阳夫子:朱熹号紫阳先生,曾办武夷精舍,即后来名满天下的紫阳书院。

惠安夜语

星孤夜黑海风乖,
百里洪涛扑面来。
醉酒题诗翻梦寐,
悲欢离合上心台。

走马朱家角

淀山湖畔孕珠溪,
三省通衢据要枢。
卅六石桥歌古调,
九街烟火赋新诗。
千家粉壁通幽径,
一角朱门透契机。
衣被江南天下暖,
文儒荟萃世间稀。

行走海南

琼岛轻车驰未停,
孤悬南海话藩屏。
风炉岭上火山古,
龙滚河前海口新。
冲浪激流须纵酒,
浣衣撒网隐浮名。
圣公千载清平乐,
五指山头故国情。

车过华北平原

铁龙驰骋梦曾游,
一日八千横九州。
不是雾霾遮望眼,
举头应见海西楼。

红旗渠

百万英雄砥砺行,
铁锤野炮驭长鲸。
十年征战愚公老,
一路奔劳赤帜明。
担土抬石凭血气,
架槽凿洞见精神。
山头削却漳河涌,
碧水横空旱魃平。

万亩茶园

望眼青波嫩叶新，
蛱蝶乐舞蜜蜂亲。
花衣斗笠撩人醉，
郁韵岩香久沁心。

古榄园

老树新姿紫果奇,
虬枝傲骨话珍稀。
摇风弄影传私语,
细诉百年永伴依。

悼先父四首

别　父

腊月寒风落雨时，
床前冷暖两相依。
亲情怎忍惜将去，
父爱难割痛欲离。
泪眼儿孙偷啜泣，
别言草木暗悲啼。
梵音袅袅随仙诣，
再续前缘可有期。

悼 父

严亲驾鹤化仙龙,
俗世空余笑宛容。
此去真龙祥裰伴,
神龟陌道瑞光从。
多情玉兔开前路,
厚意牵牛引顽童。
老稚常怀天上客,
嗟惜往日醉颜红。

思 父

米寿何敌岁月匆，
春蕾未绽已西东。
淳良厚道声名在，
技湛学勤转眼空。
处世从容能耐苦，
言传身教善融通。
独存训诲难成孝，
但忆音容泪梦中。

忆 父

生为乱世时，
幼小亦从师。
年少识书理，
刚强刻苦思。
力学勤砥砺，
乐见解真知。
孝老扶妻久，
友邻爱幼痴。
教子兼严爱，
传徒重要实。
慈心独救妇，
忠义更无私。
伤病堪承受，
拼搏独木支。
事业非轰烈，
芳名已播之。
家声虽未远，
再论仍不迟。

儿孙铭教诲,
承启作家诗。

散文

辑二 拾萃

辑二　拾萃

外滩源壹号

在上海市区苏州河与黄浦江的交汇处,有一处显眼的古建筑,那是上海最早的领事馆建筑——原英国领事馆,它就是人所熟知的上海外滩的起点。目前它已被辟为金融家俱乐部——外滩源壹号。

在烟花三月下扬州的季节,我被热情的上海好友曹先生领到外滩源壹号参观。那天下着绵绵细雨,我坐在曹先生的车上径直来到俱乐部门口。下了车,跟随着服务员先顺着围墙绕了半圈,从外围感受这座清水砖墙,四坡顶,中式蝴蝶瓦,既呈英国文艺复兴风格,又兼具印度式特点的西式建筑。然后从基督教堂,经原领事官邸,沿着曲折的走廊,走进古树环绕、绿荫衬托、秀美典雅的主建筑——"领事馆"。

进入馆内,我跟随着服务员的脚步,从一楼的音乐廊、敞廊、花园厅、雪茄房到阳光厅、展示厅、会议室,又从二楼的贵宾厅、会见厅到北宴会厅、主宴会厅、南宴会厅、敞廊厅,每到一处,留心观察,细心倾听,用心思索,多次发出由衷的感慨。

我惊叹这座历经140年的近代建筑,典雅规整,布局大气,宽敞明亮,质量上乘。它自1873年重建开馆以来,虽然几经周折,仍能完好保存建筑本体,而且除了小部分地板换了以外,都还是原汁原味,实在是非常难得。这无疑应归功于上海对历史文化风貌和优秀历史建筑的强力保护。它的存在,使沧桑巨变的中国和日新月异的上海,毫不费力地找到了印证;它的存在,使上海追溯到了近现代历史的起点;它的存在,使外滩"万国建筑博览会"的古朴典雅与浦江对岸洋溢现代气息的陆家嘴交相辉映,绘成了大上海一道美丽的风景。

更让我心情难以平静的,还不是这座建筑本身,而是经过精心重塑的内部环境。参观中,我发现所有厅堂走廊,恰到好处地布置着当代名家的艺术精品,引起我浓厚的兴趣。女服务员明白我想更多了解这些艺术作品的意思,便特别详细地一一为我作了介绍。她说,这是由上海当代艺术馆龚明光馆长推荐,北京尤伦斯艺术中心馆长杰罗姆·桑斯先生为"外滩源壹号"特别筹划的中国当代艺术展。它根据该建筑的历史特性和室内环境,以"历史建筑与当代艺术对话"为主体,展示了吴冠中、林风眠、蔡国强、刘小东、喻红等16位当代艺术家共36幅作品。而这些艺术作品都是依据建筑空间特色精心挑选和特邀艺术家量身定制的,它们既有回顾历史、反映现实的杰作,也有指向未来的精品。

我虽对艺术缺乏深层次的认识，但由于近年对书画等艺术作品多少有所接触，故而对里面的每一件作品都极有兴致地细细品尝。其中几位名家的作品给我留下了极为深刻的印象。20世纪现代中国绘画代表性人物吴冠中老师的一幅油画《水乡》，借用西方画技描绘出江南山水与建筑的柔和之美，表达了生长于江南水乡的他对白墙黑瓦的钟情，对"小桥流水人家"的形式美感的独特观点。享誉世界的绘画大师、"中西融合"最早的倡导者和最主要的代表人物林风眠，以若隐若现、流畅舒展的线条，以浪漫空灵的情调，展现了轻柔婉约的《仕女》意态，表达出他的中国文化个性和东方情怀。优秀肖像画家喻红为"外滩源壹号"现场制作的天顶壁画《祥乐》，表现出以上海为代表的中国当代都市文化和所蕴含的现代气息，自由奔放、富丽浪漫的画面，活灵活现的立体人物形象，极为吸引人们的眼球。观念艺术家周铁海的《三十年代》，以三幅惟妙惟肖的美女画，描绘了当时流行的西式女子烫发搭配传统中国旗袍的上海时髦美女，可以说是三十年代中西文化合璧的写照，它使三十年代上海的风华与这座建于19世纪的建筑卓然不群的高贵气质相得益彰。写实派和新生代代表性画家刘小东，以八位不同背景的上海年轻女孩为模特，其中四个女孩手牵手环绕一圈，用具有时代特点的跳舞姿势尽情欢舞，另四个女孩却在一旁冷静观看，形象地反映了大都市生活中女性面对社会急剧变化的两种不同态度。雕塑家刘建华用白色陶瓷揉捏出的六组建筑作品，组合成了上海外滩的风景线，名为《水中倒影》，冰清玉洁的陶瓷与朦胧的光影相呼应，如同悬浮空中的海市蜃楼，曼妙至极。艺术家展望用不锈钢做的立于展示厅一角的"假山石"，令第一次见识的我眼界大开。当然，还有丁乙的抽象绘画《十示》、严培明的油画《国际风景·夜上海》、许江的油画《大上海·外滩东望》、蔡国强极富创意的作品《狂欢》等，艺术家们以其精到的艺术修为和独特的艺术手法，为"外滩源壹号"贡献了诸多力作和杰作。这些特别的艺术作品陈列于这座特殊的建筑，使中国艺术与西方艺术渗透融合，当代艺术与近代艺术相得益彰。

欣赏着这些作品，我更深刻地体会到了上海先进的现代理念和都市气息，感受到上海人的果敢和智慧。此番参观，可以说是让我享受了一席美味盛宴。兴奋之至，我除了四处拍照，用镜头记录下难得一见的艺术精品，还刻意坐到会见厅里联合国秘书长潘基文曾坐过的椅子上，体验了一次"世界级"的尊贵。

这一幢历经一百多年见证中国近代史的建筑，因上海人有意识的保护，使它在历次劫难中幸免于难，终于为我们留下了一座见证中国屈辱史的老房子和展示中国绘画的艺术殿堂。

（原载于 2013 年 6 月 16 日《惠州日报》）

辑二 拾萃

湘西散记

我对湘西那块神奇神秘的地方神往已久，每每看到或者听到有关湘西的人、事、景，都会在内心暗涌着一种冲动，就如初恋之人很想见到那日思夜想的情人。这次，应湘西朋友小宋之邀，约上了几位好友，终于圆了久违之梦。

我们是自驾车前往湘西的。连续数日，我们马不停蹄，一路游览了凤凰古城、芙蓉镇、张家界、乌龙山等地。从电影《芙蓉镇》中我粗略认识了已有两千年历史的人称挂在飞瀑上的古镇，但这次给我留下深刻印象的并不是壮观的飞瀑和沧桑的石道，而是历史上曾经名噪一时高度自治的土司王朝及其文化。张家界作为世界级的自然文化遗产，其千姿百态的石林、飘逸如仙境的云海，早在十年前就已吸引着我。此去，很想来个深度游览，无奈地广景多，不得不有所取舍。我们赏览了天子山、袁家寨、天下第一桥、天门洞等几处有代表性的景点，还首次体验了建在山中的"世界第一梯"和嵌在峭壁上令人心惊肉跳的玻璃栈道。芙蓉镇和张家界各具魅力，各领风骚，固然叫我陶醉，但此行最让我萦绕心怀的是凤凰古城和土家寨子。

最具人文典雅的凤凰古城

我们到达魂牵梦萦的湘西凤凰古城时已是晚上八点。进入凤凰古城，呈现于面前的是淡淡秋意下闪烁耀眼的灯光、此起彼伏的歌声、嬉笑穿梭的游客、盛装银饰的苗族姑娘，这一切似乎掩饰了那抹古韵，汇聚成了一片繁华，应和着哗哗流淌的水声，让人怦然心动。如果不是预先知道，你会觉得那根本不是一座历经风雨沧桑的古镇，简直就是一座生机勃勃的现代小都市。眼前穿城而过的沱江两岸，依山傍水、错落而建的吊脚楼，缀满灯饰的飞檐斗拱，傲立江面的雪桥，美轮美奂的招牌，在霓虹灯的装扮下，如同镶嵌在夜空，舞动在山边，透出了一种古朴而又新潮的身姿，它们与在沱江中的倒影交相辉映。我到过霓虹闪烁的夜上海，看过明灯映照的北京城，见过夜灯下风韵犹存的秦淮河，但我觉得山城凤凰的夜色典雅、灵动，恰似洞房之夜的新娘，散发着无与伦比的韵味。我兴奋至极，用手机拍下了这初识的凤凰夜色。

凤凰古城的夜景让我难眠，凤凰古城的早晨让我迷恋。我们住的是临江的旅馆，小城清早的诱惑促使我天蒙蒙亮就起了床。当我轻轻推开窗户，窗外透进了一丝淡淡的清凉。我朝窗外望去,整座城已全部褪去了灯红酒绿的夜色,全然没有了夜间的喧哗,还原了本来的清静、清新,显得十分静谧安详。不远处被浓雾笼罩的小山,紧紧地围护着古城的一片天。对岸错落的吊脚楼也蒙上了一层若隐若现的薄纱,使古城宛如少妇般薄粉敷面、细润如脂。对面一处低矮的烟囱冒出了一缕袅袅炊烟,好像在传递着生活的香甜;散落在江边那七八个洗衣服的妇女,娴雅的晃动着双肩;划着小木船忙于在江面打捞垃圾的两个老汉,勤劳里透出了悠闲。

匆忙洗漱后我便独自走出了外面。江边的空气比我想象的要好得多,原以为喧闹的夜会污染这里的大气层,没想到空气还能如此的新鲜。我轻轻地踩着有些不平的石板路,迎着略夹寒意的微微细雨,顺着水流的方向散步。这时,对岸码头一字排开停靠着十几条木船,岸上已聚集了约莫三十个人,看得出那是排队坐船赶早出去饱览古城晨韵的游客。我想到对岸看看,便小心翼翼地踩上了由一根根立在江中,为连接沱江两岸而用石柱建造的石路,一步一步跨过脚下哗哗的流水,无意中让我找到了小时候山中戏溪流的那种渐渐淡忘的童趣。就在我边走边回忆时,码头那边忽然传来了嘹亮的歌声,继而是男声的对唱。我知道那是苗族民歌,对歌是苗族人快乐生活的一部分。那声音清透、悦耳、欢快,在宁静的早晨,穿透了幽静的空气,穿越了初醒的古城,与我脚下的水声相互应和着,就像大

自然和人共同演奏的一支美妙的乐曲。

　　过了桥，上了岸，早早开门迎客的餐饮店飘溢出了浓浓的香辣味，让我这个怕吃辣的人也直咽口水。在古貌犹存的石板街上我随意转悠，感觉街很小很小，但众多木结构的吊脚楼的确渗出了古色古香，呈现出古建筑的特色和韵味，古城楼、古宅院、古博物馆、古河堤，无不铭刻着岁月冗长的印记，誊写着小城的辉煌，记录着世代城民的快乐与辛酸。我一边走一边在脑海里极力搜索记忆中沈先生笔下描写凤凰古城的只言片语，不觉登上了傲然横跨沱江的雪桥。站在桥的高处，我贪婪地去涉猎所能看到的美景，亦古亦今，亦城亦乡，古朴而又清新。沱江两岸从水边开始依山而建，一排一排向高处延伸，飞檐凌空，斗拱交错的吊楼筑成的古城，在薄雾轻绕、细雨霏霏的早晨静美如画。这青山丽水与特色建筑相互映衬的古城，自然情韵与人文特质相得益彰，让人无不联想到古城先民的勤劳、智慧与幸福。看着面前不过是大城市一角的小巧的古城，我忽然又想起郭沫若的诗《凤凰涅槃》，我知道郭老写这首诗跟此处的凤凰并无关系，但我觉得这座历经沧桑，负载沉重历史的小城就像是涅槃的凤凰，浴火重生，向人们诉说着千百年的故事，讲述着今日重铸的辉煌。

　　正在我陷入漫无边际的沉思时，远处传来了一阵较长的爆竹声，这声音打断了我的思绪，那声音惊醒了清早的古城，似是雄鸡啼唱，通报着新一天的到来。回旅馆的路上，我碰到迎面走来的两个苗族姑娘，她们长得俏丽俊逸，似密谷幽兰。她们身着以蓝色为主色调的裙装、头戴光亮的银冠、胸挂厚重的银项圈，整个装扮浓艳而高雅，任谁见了都会惊羡她们令人心动的美丽。我曾经在媒体上看到过有关苗族的风俗、文化，尤其是独具特色的服装、银饰，今日终于能近距离地欣赏。看着那勤劳尚美的苗族姑娘，望着这让人心灵释放的恬静古城，我又不由自主地从知识储存并不太多的大脑中搜寻，寻觅那湘西边城远去的历史故事，追忆那聚沙成塔的深厚人文。

最爱淳朴好客的土家人

龙山是继凤凰古城行程之后的重要一站。史称"湘鄂川之孔道"的龙山，群山耸立，峰峦叠嶂，酉水逶迤，是一片神奇而又美丽的土地。

我们到龙山并不是去赏览美景，也不是去探寻千年"匪洞"，而是专程去靛房镇宋家湾小宋家做客的。从圩镇到小宋家只有一条山路，好在前不久刚铺好了水泥，虽然仅有一条车道，还算好走。听小宋介绍，以前这里的路很难走，他上学时就需要攀山越岭。因进出十分不便，他们住在山里的人就像与外面的世界隔绝一般。我们驱车沿着盘旋曲折的山路行驶，路上没有见到别的汽车，也没见到几个行人，映入眼帘的除了山还是山，零落的房子也远远才能见到一处，确是名副其实的山区。"八山半水一分田，半分道路加宅园"这句话就全面概括了这里的状况。眼前所能看到的每一座山上的树木倒是长得郁郁葱葱，很有原生态的味道，可山下的溪流已见不到太多流水了。路面一侧多是悬崖，在车上往下看让人毛骨悚然。

一路颠簸，我们来到了小宋家，车未停稳，一阵响亮的爆竹声在山谷中传来，那是小宋的父母在迎接我们这帮远方来的客人，那声音悠长、回荡，那声音醇厚、热烈，好像是小山村里在过大节日一样。我们还没下车，就已被主人家的热情好客所感染，心底也都真的是把自己当贵客了。

小宋家还是用木材建造的房子，据说他们村只有三十几户人家，都是姓宋的土家族人，以前村里所有的住房都是木制的，近些年有个别在外面挣到钱的也回去建了砖土房。进入小宋家，看着已有些年份的木屋，觉得没有路上来时想象的那么好，当然也不是很差。主屋旁的厨房间里，小宋的父母和几位亲戚已在不亦乐乎忙着杀鸡宰羊，准备着丰盛的晚宴。

一阵主客寒暄后，我听说小宋邻居家的老阿婆已九十八岁高龄，很想拜会她，便独自走到她家。虽然彼此都不能完全听懂对方的话，但还能沟通，聊得很好。这位老阿婆精神矍铄，耳聪目明，手脚麻利，还很健谈，除了山里人风吹日晒显露出的沧桑，真不敢相信她已是近百高龄的老人。她很热情，也很淳朴。在闲聊中，我得知她一辈子从未走出过大山，一直在这山里生活，享受着大自然的赐予，耕耘着贫穷而又快乐的日子。现在她的年纪这么大了，每天都还在做家务，有时还上山砍柴，其体力和勤劳的精神让我十分敬佩。一位耄耋老人还这么能干，这么勤劳，得益于健康的体魄，更来自勤劳的习惯，来自朴素的本质，也许就是大山的孕育。出于对她的尊敬，我掏出了一百元钱塞到她手上，她起初硬是不肯收下，经多方劝说才接受。可能是她觉得不能无端拿人家的钱，或许本来就是山里人纯真的感情，她敏捷地从口袋里掏出了一大把野生的栗子，塞给了我。盛情难却，我收下了，而且跟她说我一定要带回家里给家人品尝。

　　太阳的余晖已渐渐消退，夹杂丝丝寒意的山风拂过这一片山谷，天色慢慢暗下来了。小宋家人已在其家门口摆好了两两相拼的四张小台，围了两圈长短高矮不一的小凳，台上摆满了香味四溢的各式肉菜，非常丰盛，很能调动人们的食欲。在露天，坐小凳，大伙儿围着吃，还有茂林为屏，清风做伴，虫声应和，那种自然，那种惬意，是我多年未曾体验过的。这与我童年时期在农村老家吃饭的场景，那般相似，那般和美。而且这次还是在远离尘嚣的山里，在大自然孕育的山村做客，更是别有一番滋味。一起吃饭的有小宋的亲戚和邻居，包括那位老阿婆，还有特地来陪我们的当地朋友和专程从恩施赶过来的小宋的同学，让我觉得很有面子。虽然是在山村而非城市,是在木屋而非酒楼,但那亲朋同欢、畅饮畅言的场面甚是热闹,那主客推杯换盏的气氛相当热烈。席上白酒、红酒、洋酒齐上阵,男女老少尽情喝。主人家没有豪言壮语的恭维、没有刻意雕琢的客套、没有装模作样的礼数,诚实和盛情深深地感动了我们这帮"贵客"。我这个平常就不能喝酒的人,在那种氛围下,跟着人家来回敬酒,也开怀而饮,全然不顾是否会醉倒。小宋一半是因为难得有那么多朋友到他家做客而激动,一半是因为他的父母含辛茹苦把他培养成才送出了大山而百感交集,或许还加上点酒精的催化,喝着喝着他竟当众哭了起来。我也是父母辛苦养育,也是从贫穷的农村走出来的,很有同感,很能理解他此时此刻的心情,竟至于我也跟着淌出了眼泪。这一餐吃了好长时间,大家也都喝了不少酒。主客喝到酒酣耳热时,握手拥抱,互道祝愿,好一幅悠然快乐的山村醉饮图。山风徐来,山上不时传来鸟啼声,山谷显得更加幽静,木屋前飘散着酒的芳香,闹腾着众人的醉脸,我也已醉了个七八成。我们生怕打扰主人太久,只好道别,可他们就是不舍得让我们走,总牵着我们的手不肯放,说不完祝福我们的话和再来做客的邀请。

木屋前又响起了热烈的鞭炮声,我们在主人含泪的欢送中依依不舍地告别了山村,告别了真情的木屋,告别了情真意切的土家亲友。回程中,我一直在脑中回放在宋家湾的情景和所受到的礼遇，回放山里的生活环境和山里人朴实的感情，心里有一种难以言表的滋味。便自吟《做客湘西》："湘西千里久心倾，把酒言欢份不轻。土楼土味真乐土，情深情挚畅人情。高山流水歌无邪，修竹茂林韵透明。胜日最难齐携手，穿村越寨伴我行。"我为此行感受山里乡亲们的真情而激动，我为他们的热情招待而感恩，我为那里的青山而感叹，我为山里的繁荣和乡亲们的幸福生活而期待。

这次湘西之行，使我饱览湘西山水之美，更让我读懂湘西人文人情之美，有机会我还要再到湘西做客。

（原载于2014年第7月1日"人民网"、《东江文学》2014年第2期、《青海湖》2015年第17期）

缘　游

2011年暮秋，北京城秋高气爽，景色宜人。我为圆多年未竟的心愿，陪同父母到北京一游。北京是数朝古都，历史文化遗产丰富。应该说为了让平生首次到北京的父母能一览既是古城又是共和国首都的风貌，几乎无一遗漏地游遍了北京的代表性景点。而意外收获的是，有缘拜谒没有列入行程的北京东岳庙。

说是有缘，应该从乘坐出租车说起。那天早晨，我陪同父母从王府井宾馆出来，准备前往当天游览的第一站——故宫。坐上出租车，我跟司机说要去故宫，看上去很和蔼的司机却问："去过东岳庙吗？你们应该去看看的。"我到过北京，也与很多朋友聊过北京的各大景点，还知道泰山有东岳庙，可从来就没听说过北京东岳庙。我想，我与司机素不相识，他本来按我的要求送到目的地就行，为什么要介绍一个在我脑海里根本就没有概念的地方，当今社会上形形色色的人都有，莫非他有什么企图？因此，我只礼貌性地简单回应："没去过，也没听说过。"司机笑笑，也没再说什么。

到达天安门后，我们一路游览胜景，上城楼，游故宫，赏北海，逛后海，好不惬意，那司机的话早已抛之脑后了。从后海出来，已是下午三点多，我与中午专程来陪我们的朋友小陈商定，打车回宾馆休息。四个人坐上了一部出租车，车刚开出，操着一口纯正京腔的中年司机便问："今天去了哪些地方？有没有去东岳庙？"这一问，让我即刻想起早上另一个司机也提到东岳庙。我想怎能这么巧，北京知名景点那么多，为什么两个司机偏偏不约而同提到同一个我不熟悉的地方？这使我突然萌生了进一步了解的冲动。于是我抢着问道："东岳庙？在哪？值得去吗？"他说："东岳庙比故宫还要早，我是老北京人，觉得你们来一次北京不容易，建议你们去看看，况且前天是财神的生日，庙里连续祭拜三天，今天已是最后一天了。"我思索着，同一天两个素昧平生的人推介了同一个地方，这是机缘，这是福分，这或许是冥冥之中上苍专为我父母和我安排的一次旅游，是无论如何也必须去看看的，否则将可能是一生中无法弥补的遗憾。我问小陈是否去过，他说他虽然在北京生活多年，也从未到过。我随即问司机，去那里需要多长时间。司机说不堵车的话二十至三十分钟就到了。我也不征求父母的意见，不理会年逾古稀又走了一天路的父母身体能否吃得消，便迫不及待地做出了一个自认为果断的决定，让司机直接开往东岳庙。

路上，我独自沉思，东岳不是泰山吗？北京东岳庙与泰山有什么渊源呢？泰山为五岳之首，在古代就被看作是离天最近的地方，从秦始皇开始就成为历代帝王封禅的圣地。自古以来，道教在泰山甚为兴盛，于是建有东岳庙即岱庙。泰山岱庙便成了东岳大帝的祖庭。

司机一声"到了"打断了我飞扬的思绪，我看了一下时间，刚好走了二十五分钟。下了车，我们穿过马路，来到东岳庙门口。此时，西斜的太阳已被对面的高楼挡住，和煦的阳光已照不到庙门，往门内看似乎没有几个香客和游客，但我们还是能感觉到庙里一种节日的气氛，闻到尚未弥散的香烛味。热情的管理人员看我们来，善意提醒庙马上就关门了，要抓紧点进去。我心里庆幸还赶得及，有缘之人就不会白跑一趟。

康熙皇帝御书"东岳庙"横匾赫然悬挂于棂星门上，颇有灵气和霸气。据说这里原来是第二道门，后来因为大街拓宽拆除了山门，此门遂成为庙的正门。

进入庙内，但见香客和游客很是稀少，已看不到熙熙攘攘的朝拜场面。我们便随着讲解员一边拜谒观赏，一边细听她对该庙的介绍。

北京东岳庙始建于1322年，正是中国历史上的元朝时期，由此看来它的确要比故宫建得早。东岳庙素以"神像多、楹联多、碑刻多"著称，而第一眼给我留下深刻印象的是庙内密密麻麻，像一棵棵不长叶子又傲然屹立的老树一样的碑林。我见过西安碑林、孔庙碑林等全国著名的碑林，却没有一处像这里的碑林那样吸引我的目光，引起我的遐想。讲解员说，庙内各个院落立的石碑，最多时达到一百六十多块，其数量冠于京城，故有"京城小碑林"之称。现存中路正院东西碑林有石碑89通，多数是元明清时期的作品，最早的是元朝赵孟頫的行书《大元敕赐开府仪同三司上卿玄教大宗师张公碑》，俗称"道教碑"，历来都被视为"镇庙之宝"，最晚的是1942年立于新鲁班殿前的《鲁班会碑》。除"道教碑"外，还不乏赵世延的楷书《昭德殿碑》、虞书《仁圣宫碑》和乾隆御书等精品。

据介绍，东岳庙内供奉有东岳大帝等大大小小各种神像三千多尊，其数量之多在各地寺庙中是十分罕见的。东岳庙占地约七十一亩，有房屋近四百间，规模甚大。从布局上看，整座庙由正院、东院和西院组成，其建筑都集中在正院的南北中轴线上，非常注重传统的风水布局。不管是门、坊、楼，还是亭、庙、廊，建筑风格都颇具道教建筑特色，处处蕴含着深厚的耐人寻味的道教文化内涵。

本来楹联也是该庙的一大特色，我又是读中文出身，要是在以往我肯定会逐一去欣赏那富有哲理、启迪人生的对联。无奈时近关门，虽然管理人员已经给我们特殊待遇，推迟了关门时间，但我也不可能细细地去品读庙内的一切。只能是走马观花，粗略赏览，留下丝丝遗憾，又或能给我悬念，让我以后寻找机会再次拜谒。

道教的洞天福地数不胜数，且不少坐落在环境清幽的名山中，与道观追求清静、整洁、庄严相吻合，与道教崇尚"道法自然"相统一。我到过青城山、华山、庐山、罗浮山等多座知名道观，这次到访的却是居于繁华都市不同于山中道观的一方静谧之地，这诚然是一种巧遇。如果没有遇上那两个热心的出租车司机，如果没有赶在庙门关闭之前，如果不是我果断的决定，也许我和我的父母就可能不会到访东岳庙，这是一种缘分。就如我们的每一次外出，多少美丽和珍贵的景点与我们擦肩而过，我们并不感到遗憾，只因我们从没心仪。在现实生活中不乏舍近求远，好高骛远，不善于把握机缘的人，他们常常错失良机，让幸福和快乐失之交臂。看准机缘，把住机遇，何尝不是一种从容，一种洒脱，一种幸福。这又让我不由自主地思考一个问题：人生历万事，世间识众人，唯缘而已。

晚霞的一抹余晖钻过大楼的缝隙，斜斜地涂在牌楼的琉璃顶上，我们心怀满足、心存感激地走出庙的大门。我想，这次可能会是我唯一的一次陪父母到北京，而又有幸有缘游览北京东岳庙，让父母北京之旅不仅开心而且不留遗憾，不虚此行，这是我最为欣慰的。再想想很多朋友和认识的人都没有到过北京东岳庙，心中便有些许自鸣得意，庆幸父母和我真是有缘有福之人。

（原载于 2014 年 7 月 1 日"人民网"、《东江文学》2013 年第 6 期）

复活的小河

盼望着，盼望着，曾经死寂的金山河终于展露出久违的笑颜，再次焕发出青春的活力。生活在沿河两侧的人们奔走相告，多年期盼恢复往昔风韵的金山河，在政府下大力气整治后终于以意想不到的全新姿态展示人前，人们都在为金山河的"复活"而欢呼。

金山河原由横江沥、吊鸡沥、金鸡沥组成，是西枝江的一条支流。听老惠州人说，在二十世纪六七十年代，河里的水清澈见底，随处可见成群的鱼儿在水草丛中自由自在地游泳，住在附近的孩子们常常下到河里游水玩水、抓鱼抓虾，而大婶和姑娘们则都来到河边洗菜、洗衣服，大男人们在傍晚时分也纷纷跑到这里来洗澡。这条洁净的小河着实是惠州人快乐生活的一块小天地。

可惜，这河也像人一样会遭受厄运。二十世纪八十年代中后期，这河里的水日渐失去往日的柔美，慢慢变浊了，变脏了，进而变黑了。不再洁净的水已不能洗菜洗衣服了，孩子们不敢下去游泳了，就连鱼儿也没能力在这里活下去了。后来，整条小河的水已不再像水，仿佛就是黑油。河水长期散发出难闻的臭味,夏天更是恶臭刺鼻,使沿岸居民和路过行人眼不敢看,掩鼻而过,苦不堪言。近几年,我也住到了这河的边上,天天都必须用眼睛和鼻子同这条臭水河打交道,也成了一个不折不扣的受害者、烦恼者。我想,唯一高兴的,可能也就只有苍蝇蚊子了。这臭水河自然成了蚊虫的滋生地和"乐园",那长得瘦小乌黑,长长的脚、尖尖的嘴,凶猛恶毒的蚊子常常发起"偷袭"或"总攻",欺负着远近高低居住着的人们,它们激起了民愤,细皮嫩肉的孩子们更是对它们恨之入骨。人们在对蚊蝇发出一片骂声的同时,也难免对罪魁祸首的河涌怨声载道。"救救金山河""还我吊鸡沥"成了广大民众心底发出的强烈呼唤。

如今,病入膏肓的金山河被触及筋骨、换脏换腑地动了大手术,已从垂死中被神奇般拯救过来,悄然复活了。她像人体的血管换上了新鲜的血液,活力激增;她像褴褛的姑娘穿上了漂亮的新装,轻盈可人。她一改往日奄奄一息的病态和倦容,以健康的体魄、曲美的身姿、娇羞的笑容活现于人们面前,给翘首以盼的人们传递温情和希望。

我怀着激动难抑的心情,特地从上游的金峰桥处,顺着小河的流向,慢慢行走,欲一睹金山河芳容,享受她婀娜多姿的魅力。一路前行,我看到亲水平台上聚集的人用手指着近处或远处的水面,不知在高谈阔论什么;人行道上处处可见三五成群的老少太太悠闲自得地散步,好不惬意；亭子石凳少不了相依相偎的情侣和正聊得起劲的阿伯，交流着人生的幸福真谛；绿道上汗流浃背慢跑着的男女，那是注重锻炼的人……迎着一个个笑容可掬的脸庞，听着一阵阵此起彼伏的笑声，望着一个个渐渐远去的背影，我仿佛觉得走路的步子轻快了许多，心情格外舒畅。

走到"镜湖筛月"景点，恰好有一阵风迎面吹来，直感凉爽舒服。于是，我停住了脚步，坐到了凳子上。正好旁边坐着四位年近花甲的老阿伯，他们旁若无人地说着话。我好奇地竖起耳朵，想听听他们聊的是什么？说明一下，我没有偷听隐私的癖好，估计他们聊的也不是隐私。这时我刚好听到一位满头银丝的老阿伯扯大嗓门，用纯正的惠州话说："真的要好好感谢政府呀，我原以为有生之年再也看不到吊鸡沥流清水啦，没想到，真的没想到……"正对面一老伯不等他说完便抢着道："是呀，是呀，父母官就是英明，有智慧，务实为民，让我们看到了一条比年轻时看到的不知要漂亮多少倍的河流。"我生怕打断他们的雅兴，便悄悄地走开了。

沿着水流的方向，我笑迎拂面的清风，踏着轻快的脚步继续前行，眼前的金山河仿如美丽的彩带飘拂于闹中带静的新城中，阳光下的河面银波闪闪，缓缓流动的河水就像是惠州城里一根通畅的血脉，流淌着健康和生气，也流淌着幸福与和谐。

(原载于《惠州日报》)

拆不了的学校

听说故乡的小学要拆除了,我心有不舍,特地跑回老家去看。没有围墙、没有校门,一排五间课室,外加两间办公室,一个只有单边球架的篮球场和一棵并不古老的大树组成了校园全部的风景,这就是我度过五年学习时光的乡村小学。

二十年前学校新迁校址,这里便成为被遗弃的荒岛。据说头几年还有人用来做仓库,随着生产集体的解体,往后便彻底荒废了。岁月的冲刷磨蚀,使原本似淳朴村姑的校园,活脱脱变得像饱经沧桑的垂暮老妪,任你怎么端详也无法觅得往昔的风韵。

一缕阳光轻轻地照在我的脸上,我独自站在杂草半遮,屋顶塌落,断墙斑驳的教室旁,惆怅的思绪把我带向了三十年前的情景。

我是20世纪70年代上的小学,那是一个风云多变的年代。那时的我年幼无知、童昧待启,就像一方处女地,正待开垦。对于外面的世界不知不解,唯有按着老师的教导"好好学习,天天向上"。

我自认不是天资极佳的孩子,但还算是有那么一丁点小聪明,加上又老实听话。因此,在这所离我家仅有四百米远、近两百名学生的学校里,我无疑是老师们最喜欢的一个。从一年级的启蒙教师陈老师到五年级的班主任林老师,再到黄校长、钟校长,没有一个不关照我的,这让我永远心存感激,时至三十年后的今日我仍常常翻读着他们没有尘封的教诲。可能因为听话,我上小学的五年,从小组长到班委好像年年都未落下。当然那时候还没有"官"的意识和欲求,这"芝麻官"也不是请客送礼换来的,在实行"票决制"的当年靠的是每个同学神圣的一票。小小年纪当上"干部",心里那份得意自不必说。只不过由于在家得到很传统的家教,入学后又有启蒙老师的谆谆教诲,自己还是用并不强大的力量将要翘起来的"尾巴"给按了下去。现在想来,有点自得于当时的早慧,小小年纪已能把当班干部视作为同学服务的一种荣耀。可能也因有此基础,出来工作后,不管身居何位,我都传承了小时候乐为他人服务的精神。

三年级开始,我做梦也想不到会被学校委以重任,成为学校的司钟员,相当于掌握上课下课时间的"司令"。那可是不少同学,尤其是四五年级同学羡慕和嫉妒的呀。我是一个认真负责的人,每天从预备铃到上课铃、下课铃,我都特别用心,特别关注挂在墙上嘀嗒作响的时钟,生怕因自己疏忽而误了全校的大事。每当我像电影里的高老忠那样拉动绳子敲打出长短不一的钟声,想想全校的人都要听着我发出的"号令"匆匆地跑进跑出,心里那个爽呀就别提了。这份"美差"大约干了两年,确切时间已经忘了。也许有得必有失,关注墙上的钟多了,司钟的时间久了,也多少影响了自己的学习。

在班里我做值日生、收发作业、带读课文、抄写板报……成了老师得力的小帮手,俨然是老师的一个影子,以至于招来个别同学的妒忌。有三两个长得高大,比较捣蛋的同学时不时会用粗言秽语含沙射影,还有过为数不多的拳头相向。好在我本来就胆小怕事,不愿惹是生非,又加上有老师的庇护,他们也没敢对我怎么样。

那时,学习的科目不多,以语文、算术为主,课本内容也不难,都是非常基础的,要是像现在小学学习的那个难度或许我也会吃不消。课外时间我们还有很多活动,如游园游戏、体育竞赛,使我们感觉学校生活丰富多彩,乐在其中。

那时,学校每年会组织一次校外野营活动。我们村子后面有一片山峦,山上长着苍翠茂密的森林,热天在林子里会觉得很凉爽,若遇轻风吹拂,则是松涛荡漾,沁人心田。相连接的山峦围筑成一座水库,站在水库大坝上放眼望去,水平如镜,清澈蔚蓝,倒影如画,甚是迷人。我们野营的目的地就选择在距离学校三四公里处,水库边上一片较为平坦的山地。每次野营,我都会兴奋上好一阵子。

出发前，我们会先分好组，并分了工，有些人带锅，有些人带桶或其他煮饭用具和碗筷，每人都带上了米。在学校集合后，排着长长的队伍浩浩荡荡向目的地进发，那阵势宛如行进中的部队，一边行进还一边唱着歌曲，这队伍和歌声常常引来地里耕作的农民驻足注视和倾听。野营活动中最过瘾的就是野炊。到达目的地，我们一般会先集合，听校长讲活动要求。之后开始野炊活动，按原来的分工，砌炉灶的、找柴草的、淘米洗菜的、烧火做饭的，各忙各的，不计较轻重，简直配合得天衣无缝。一缕缕阳光穿过树枝斜射在地上，一阵阵清爽的微风轻吻着稚气未脱的笑脸，飞翔的小鸟戏弄着阵阵飘散的炊烟，构成了一幅林间童趣图。端着众人合力做成的美食，闻着浓郁的菜味，吃着香喷喷的米饭，没有一个不快乐地唱着跳着。

劳动应是小学生活中的常事。记得那时劳动的内容无非就是割草砍柴、拾土杂肥、种番薯、给学校的甘蔗地施肥，如此而已。我们都只是十岁出头，力气不大，也常常累得满头大汗，满身污泥弄脏了那条屁股织着大"蜘蛛网"、两边膝盖织着小"蜘蛛网"的裤子，但是大家都继承了劳动人民朴素勤劳的本色，劳动热情高涨，不怕脏不怕臭，忙得不亦乐乎，全然没有那种苦和累的感觉及埋怨。我想这样的劳动实践在一定程度上锻造了我至今仍然吃苦耐劳的品质。

我是个学习比较认真的学生，很听从毛主席"好好学习，天天向上"的教导。课堂上用心听课是肯定的，按老师的要求完成作业也从不需老师和父母操心。虽然每次考试我不一定是最好成绩，但比上不足，比下有余，心里自得。上五年级时，学校为了我们能以更好的成绩考上初中，组织了夜自修。我们男女混合分成几个小组，自带煤油灯，在课室里挑灯夜读，看上去很有点"头悬梁、锥刺股"的劲头，实际也免不了借机一起玩乐。课外我喜欢看连环画，也叫小人儿书。那些年学校根本就没有图书馆，连个图书角也没有，课外读物也少得可怜，要看课外书只能自己买或向别人借。买是要钱的，不可能有很多钱来买。我经常向同学借来图文并茂的连环画，它们有《智取威虎山》《黄继光》《上甘岭》《渡江侦察记》《三国演义》《水浒传》《西游记》等等。书中不乏吸引人的故事和情节，只要一书在身，总叫我爱不释手，有时竟入迷到饭都不想吃。由于我学习不偷懒，因此各科的学习成绩还算不错，尤其是作文，被老师当范文在班上宣读或张贴于学习栏的不在少数，学校作文竞赛得个盖着大红公章的本子似乎成了举手之劳，还常常代表学校参加公社或县组织的作文竞赛，引得同学心生羡慕。我想这在我的学习生涯中是一种极为重要的经历和激励，是我更加勤奋学习的不竭动力，也可能是我后来上大学选中文专业的一大基础。

　　小学时唯一让我觉得委屈的，是被某老师错打了一次。那应该是上四年级时，一天正上着数学课，我当时刚好坐在与讲台紧靠的第一排。老师正面向黑板板书,讲得得意时,不知我旁边哪个同学说了话,那个眯着眼睛的老师转过身来,不分青红皂白,顺手将握在手里的木制长尺往我头上重重敲了一下,这突如其来的一棒痛得我立马流下了眼泪。莫名其妙地挨了一棒,还不知是咋回事,一下子回不过神来。这时课室里静得出奇,我不知道班上的同学怎么看我,也不知道那个说话的同学怎么想的,反正对于一个从没被老师打过的我,当时就有点无地自容的感觉。后来这位老师也知道打错人了,但好像是想将错就错,或者要凸显师道尊严,一直都没有承认。这件事并不是什么天大的事,在没有规定老师不能体罚学生的当年也是常会发生的,但作为一个最老实听话,在家里都不会挨打,极少被老师批评的学生来说,心里那种委屈是不言而喻的。尽管我没有记恨那位老师,但毕竟是小学生活中唯一的一次,是脆弱心灵承受的一次创伤,因而至今仍然记忆犹新。

正在我拼命搜索存留于脑海的每一处记忆时,一群鸟儿喳喳地飞过头顶,落在校园那一棵浓密的大树上,稍即又扑棱棱地向着远方飞去。看着那群渐飞渐远的小鸟,想起即将被夷为平地的熟悉而又陌生的校园,心里不禁百感交集。一座承载着历史的学校是可以拆除的,但一座植入我童年记忆的学校却会常留于心,永远也拆不了。

童年那些事

童心无邪，童年无忧，童事多趣。童年生活开启人生，往往给人留下终生难忘的印记。

我出生在潮汕小平原的一个普通农村家庭，童年时正值经济困难的二十世纪六七十年代。那时候社会落后，人们的生活水平低下，况且尚未全面实行计划生育，在我老家一户人家生五六个孩子那是极为普遍的。家穷人口多，普通家庭要是能够让一家老少吃得饱、穿得暖那可就是了不起的。不过尽管生活远不如当今富足，我与同龄孩子们淳朴天真、无忧无虑、最接地气的生活，却也快乐无比。

农村孩子多，父母们为了养家糊口，每每早出晚归，无暇更多顾及孩子，孩子们并不像当今孩子那么宝贝，常常是大的带着小的，小的跟着大的。我在家排行老二，本该照顾着弟妹，但我小伙伴多，我又有点小聪明，总喜欢和伙伴们出去玩耍。

记得还是小屁孩的时候，我常光着小脚，屁颠屁颠跟在比我大点的哥哥姐姐身后，忽东忽西，与跟屁虫一般。当春回大地、万物复苏时，我跟随"哥们儿"跟跄于泛绿的田园，看到散发着香气的漂亮小菜花忍不住伸手去摘，看到嫩绿可爱的小秧苗近乎恶作剧地去踩，看到叽叽喳喳的小麻雀无比兴奋地去追，看到飞舞的小蜜蜂毫不犹豫拿石子去扔。当大哥哥们大显身手，像猴子般敏捷地爬到树上，小心翼翼掏鸟窝时，我在树下打打下手，头仰得高高的，急得直冒汗，恨不得自己也能爬上树去，亲手把鸟蛋取下来。每每捉到小鸟，掏到鸟蛋，瓜分胜利果实，我虽分得不多，但也心满意足，毕竟只是个"打酱油"的，几近于不劳而获。当果树上果子成熟了，嘴馋的我常会跟着大伙伴，在中午或傍晚来到有果树的地方晃悠。我老家水果品种不多，多种桃、李、梅，柿子、龙眼、荔枝也有些。看着挂满枝头的果实，垂涎欲滴，于是见到没人看管的就手痒痒偷摘几个来解馋，当然我多数时候是充当"二传手"。吃着又酸又甜的水果，全然不去理会这行为的对错。当蝉四处出没时，听着它们在枝头上放开喉咙，悦耳歌唱，就很想把它们捉住。我们爬上树去捉，但蝉不会乖乖地待在那里束手就擒，在我们还没靠近的时候就示威般地飞走了，的确不容易捉到。好在我们也有一套对付"敌人"的办法，那就是用屋檐下采集来的蜘蛛网，加上口水，用手揉捏成黏糊糊的丝团，找来一根细长的竹竿，把那丝团固定在竹竿末端，然后神不知鬼不觉地偷偷靠近，轻轻地将竹竿伸向树枝上来不及逃跑的蝉，用丝团死死地粘住蝉翼，看它们还能往哪里跑，乖乖跟我们回家就是了。

慢慢长大，自己有点能耐了，不需要整天跟着大的跑，自主多了。我从小就对水情有独钟。我们村子后面有个水库，在我的印象中，水库好大好大，一年四季水位都很高，水蔚蓝蔚蓝的，特别清澈可爱。水库边缘环绕着郁郁葱葱的树木，绿树的倒影与湛蓝的水交相辉映，俨然画家笔下一幅巨大而美丽的山水画卷。我们一群小伙伴很喜欢到水库边玩耍，但因水太深太危险，大人们总叮嘱我们不能到水库玩水。从这水库流出来的，有一条用来灌溉的小水渠，有一条用来泄洪的大水渠，还有一条用于紧急排洪的大溪，它们便成为我和小伙伴们热天戏水的好天地。烈日当空，大人们都躲在屋里或树下避暑，小鸟们也不敢出来挑战太阳的时候，我常常邀上几个小伙伴来到水渠里玩水。我们时而从渠坎上纵身跳到水中，时而整个人潜入水里，时而尽力让自己的身体漂于水面顺流而下，时而几个人打水仗，好不痛快。还经常光着小屁股在农民们用牛犁过，水被晒得烫手的田沟里翻滚，有时还用黑乎乎的泥浆涂到自己光溜溜的身上，简直就成了个泥人，然后又径直冲到水渠边来个鱼跃跳入清凉的水中，那种清爽的感觉真的是难以言状。在那时，也许因为我们生下来就健壮，或者天天摸爬滚打练就了不错的体质，虽忽热忽冷，却极少会引起感冒。当然，经常在火辣的太阳底下晒，全身除了穿底裤的地方外，都是黑的，仿佛小黑人一个。我想我今天没有白皙的肌肤，多少应该跟小时候常赤身暴露在太阳底下有关。偶尔我们还会在水流较小时，借助石头、泥块、破布、稻草拦起一小段水沟，用桶、箕、瓢，甚至用手、脚快速地清掉拦截沟段的水来捉鱼、虾、蟹、蚬。此外，我也经常与大人们一道在村前那口大鱼塘里游泳，憋着气潜到水底摸田螺、蚌。买个鱼钩，弄条长线，做个浮标，悄悄躲在鱼塘边隐秘的地方偷偷钓鱼，也是我常干的乐事。

夏夜，一阵阵"呱、呱、呱"的蛙声吸引着我们，那是我们露一手的时候了。夜暮天黑，我们拿着手电筒，提个小篾篓，带上钓具，来到成片黑乎乎的香芋地里，垂钓青蛙。那时污染少，常有野蛇出没。我们冒着可能遇见毒蛇的危险，干的是十分开心的事情。有时心急了，没耐心等青蛙上钩，就干脆用手去捉。一般是用左手拿手电筒，右手轻轻翻开盖在地上的芋叶，看里面有没有藏着青蛙。一旦发现猎物，便会喜不自禁地赶紧用手电筒的光照住它的眼睛，并以迅雷不及掩耳之势捕捉它，别有一番情趣。

月光明亮，清风习习的晚上，我时常凑上几个小朋友，来到长得又高又密的麻园中捉迷藏。在静悄悄的麻园里东躲西藏，不敢随意弄出声响，怕被"敌方"发现。但毕竟年纪小，在里面见不到人，还怕遇到蛇，心中难免害怕，鸡皮疙瘩时常爬满全身，可又觉得特别好玩，有时甚至于玩到忘了回家，害得父母到处寻找。

随着年龄增大，自己后面也跟了一帮小屁孩。这时我发挥的空间大了，既可以领着小的到处玩，又能够自主做很多想做的事。最有成就感的要数做风筝和自制"小手枪"。放风筝可能是那个年代的小孩子都喜欢的事情。那时，不像现在只要掏钱，什么花样的风筝均可买到，风筝都是自己亲手制作的。用细细的竹枝或竹篾做出风筝头的形状，再将裁剪好的旧报纸或其他纸张用浆糊或饭粒、米汤粘贴上去，又用纸做成一条长长的尾巴，再用长线绑住风筝头部，这样就算完成了风筝的制作。随后便会挑选天晴风大的日子到空旷地方去放风筝，看着掌握在自己手里，飞得很高很高的风筝，心里那种得意溢于脸上。相比来说，自制火药"小手枪"要难得多。这可是个比较大的"工程"，必须要有钢线、自行车链、胶布、橡皮圈等材料，还很费时费力。找齐材料后，先是用铁钳将硬硬的钢线折成手枪形状，作为枪头的钢线，再套入一节节的自行车链眼，用胶布缠紧，做好枪针，套上橡皮圈，制成简易"小手枪"。然后买来用两层纸夹紧的薄薄的火药片装在"小手枪"上，扣动扳机，让枪针撞击火药而发出炸响。

"窑番薯"也是一种很有意思的活动。我们先是带着小锄头到人家收成后的番薯地翻找，捡遗漏的番薯，有时候也在家里拿些出来，当然还干过偷挖人家地里番薯的勾当。"窑番薯"，就是在空旷地里用泥块围砌成一个土窑，找来干柴草将土块烧红，再将准备好的番薯放进窑中，并迅速将窑泥打烂把里面的番薯埋实，让热得通红的泥把番薯焗熟。要让番薯熟透需要一定的时间，这段时间一般就让大家玩"走窑鬼"游戏,即所有人远离土窑绕圈小跑。而"状况"往往就会在此时发生,有些年龄稍大,有经验又狡猾的家伙,会乘人不备偷偷潜回去,擅自开窑,先吃番薯。等到其他小伙伴气喘吁吁跑回来时,喷香的番薯已被吃个精光。他们只能怒视脸上写满自得的欺人者,失望地看着地上的薯皮自咽口水,为被骗而恼恨,为迟来而后悔。

不同年代的孩子,生活环境和生活条件迥异,但都能找到各自的无穷乐趣和生活启迪。我的孩童时期远没有今日儿童这般富有,想要什么有什么,然而简朴的生活也不乏快乐,不乏新意。我多么想托付每晚的梦将我带回童年,再享儿时的欢乐。

这算是初恋吗

记得上初中时，不知从哪一天开始，本来细皮嫩肉的我，手臂上的汗毛越发清晰可见了，嘴边上的胡子有点粗了，颜色也变得有点深了，皮肤上忽然间长出茸茸的细毛，看上去还挺惹人爱的。也就是从那时候起，我发现自己开始注重外表形象了。此前虽然讲究身上的整洁，但毕竟家庭经济并不宽裕，兄弟姐妹又多，往往要在过新年时才能穿上新衣服，平常穿的衣服多是大的穿了传给小的，或者是亲戚穿过后送的。裤子常常是屁股部分和两个膝盖处，里面垫了一块布，缝上线，外面看仿佛用线在裤子上织成了一个方方的蜘蛛网，但也照穿，丝毫不会觉得害羞。而这时心里已经强烈地拒绝有补丁的衣服啦，且每天都要滴溜溜转动眼珠子，上看下瞧，留心身上的衣服是否干净笔挺。但凡发现所穿衣服有点泥尘什么的，便会迫不及待处理掉它，绝不让它玷污衣物，有损形象。除了注意服装鞋袜，自我关注度更高的要算头顶上的头发了。

在我的裤子口袋里时刻装有一把梳子和一面圆圆的小镜子，这应该不是我的专利，相信与我年龄相仿的同学差不多都是这样。镜子的主要用途自然是不言而喻的，每当感觉头发有点散乱，或者在僻静无人的地方，就会不由自主地偷偷掏出梳子、镜子，摇头晃脑摆弄一番，力保头发有型。我想如此这般生怕头发不整洁，无非是想在女孩子面前树立和保持自己的"光辉形象"，尽管在那个男女同学"授受不亲"，彼此羞于用言语交流的年代。我的头发乌黑浓密却过于柔软，梳过之后是需要辅助定型的，不然的话，只要风轻轻一吹或稍有运动便会蓬松凌乱，惨不忍睹。可那时定发胶、啫喱水之类还没有研发出来，这难免带来一种烦恼。还好当时已有一种叫发蜡的，只要弄点在手心，用另一手掌稍稍摩擦，再往头发上一抹，头发就能定型并会油光发亮，有时滑得连苍蝇都没能力在头顶上站稳。虽然还只是未曾涉世的少年，就随身备带了"工具"，对自己的头发百般呵护，其关注度似乎到了无可复加的程度。后来，这随身携带的小镜子还增加了特殊功能，发挥了更大却又不可告人的作用，那便是充当了偷看女孩子的"秘密武器"。

　　当年，我们班里有多少个女同学我已记不清了，反正都是长在农村的淳朴女孩。也不知始于哪天，我发现自己好像对一个叫阿英的女同学有一种特别的感觉。阿英，一个再普通不过的名字。但她皮肤白皙，脸蛋红润，就跟在电影里见到的城市姑娘一般，单从肤色看你不敢断定她是农村女孩。她体态轻盈，稚气未脱而又略显成熟，左看右看也看不出她只有十三四岁。她眉清目秀，眼神带电，只要碰触到她的眼神你就不可能不加速心跳。她的脸颊有两个小酒窝，左边略深右边略浅，笑起来让人看得心酥酥的。她留了一头披肩黑发，把脸型衬托得相当完美。她经常穿淡色调的花布衣裳，显得十分清纯秀气。我的座位就在她的前四排，她恰好就在我座位的正后方。自从我发现了身上的镜子的特别用途——有了它就可以不转头而看到后面的她，便如获至宝，欣喜得像着了魔似的，时不时会鬼使神差从口袋里悄悄摸出小镜子，将左手肘撑在课桌，举起左手，把小镜子握于手心，若无其事地看着镜子。在别人看来，我是臭美，是在孤芳自赏。其实谁知道我是"醉翁之意不在酒"呢？哪里是看自己呀，明明是在偷偷观看坐在正后方的阿英。这一招倒是有点神不知鬼不觉，除非别人也有异曲同工的"创举"，否则应该是不会发现我的"偷窥"行为的，这让我有时候会为有这点小聪明而自鸣得意。

说来也怪，班里女同学她不是最漂亮的，可我每天都期盼能见到她，就是远远瞄上一眼也会感到满足，而且这种心理是愈来愈烈，就像吃了迷魂药似的。以至于，除了常常在课室里用镜子偷看，在课室外，在上体育课时，我也会像脱缰的马，控制不住自己，不时歪斜着眼睛瞄她，真有点怕她在我的视野里消失的感觉。因自己没患近视，反倒不便，不能依托眼镜来遮掩不敢示人的行为。有时只好故意用一只手挡住眼睛某部分或假装用手摸头摸脸，实则是在掩人耳目，怕被旁人发觉我在看她，真是想做贼又怕被活捉。我和她不在同一个村，上学放学不同路，心里觉得有些遗憾，心想要是上学放学能够同道而行那该多好啊。话说回来，人就是奇怪的动物。我偶尔也会在路上与她迎面相逢，可每当此时，我又像做了见不得人的亏心事一样，难抑加剧的心跳，血流猛然加速，明明是日思夜想，在骨子里就想见到她，而当她出现在面前时又心里直"闹鬼"，特别不自在，不仅不敢正眼看她，还要刻意把头歪向一边，仿佛遇到陌生人一般，摆出一副若无其事、各走各路的样子。特别有意思的是，与她做同学那么久，偷看她那么多次，想她那么剧烈，却从来没有跟她真正说过一句话。现在想来，甚觉当年的幼稚和可笑。

是狐狸肯定会露出尾巴，再能装也迟早会被发现，何况本来生就一副憨厚相，又没学过伪装，压根儿只能算大屁孩一个，那点"三脚猫功夫"很快露了馅。有几个要好的男同学火眼金睛，开始拿我开涮，取笑我"是不是喜欢上阿英啦？""是不是老在镜子里偷看她？""你们什么时候请吃喜糖呀？"被识破"秘密"的内心自然是复杂的，又不懂得如何去应对。面对同学的"狂轰滥炸"，时时拿我和她来开玩笑，我真的觉得很不好意思，虽然自己对感情之事还懵懂无知。我无从获悉她何时知道我在关注她，也不知道同学取笑的话有多少传到她的耳朵里，更不清楚她心里是什么样的反应。但我在暗地里观察，发觉她与我碰面或偶尔目光相遇时，她娇嫩的脸上总是突泛红晕，露出一抹令人着迷的娇羞，似乎也显出些许不自在来，却又看不出她有丝丝反感的表情。而我，不知是心里本来就有那么一丁点自己也无法说清的意思，还是同学的打趣使然，我打心里真的就想能时时看到她。因为只要她出现在视线里，我的心里就会有饥饿的乞丐饱餐一顿后的满足感，甚至开始在私下里想入非非了。我多么想能近距离地与她接触，学着电影里花前月下的男女，尽情洒播浪漫的幻想。可恨的是，从来就不敢鼓起勇气，大胆主动地跟她说一句话，就连礼节性的问候也从未有过。要是在今天，不要说别人，就连自己也要怀疑自身是不是有毛病了。但在那个尚未开放，人的思想仍然保守，男女同学近乎有点"老死不相往来"的年代，这还算是很正常的。当然，口不敢开，心理活动还是不受禁锢的，想一想人家女孩子既不犯法也不至于违背道德嘛。心里莫名的律动，脑中抹不掉的影子，慢慢幻化成了一种无形的思念，就如萦绕身边的空气挥之不去，以至于课堂上难免要走神，夜梦中还常常游离着她笑容可掬的脸庞、令人心跳加剧的小酒窝，还有与她手牵着手嬉戏田园的情景……一直到后来各自升上不同的学校，再也没有相见，那种莫名的思绪也随着时间的逝去渐行渐远，若隐若现。

　　三十年过去了，我再也没有见过她，只在其他同学口中得知她婚后还算幸福，我真心地为她祝福。偶尔，我会回想起当年那段可爱可笑的经历，追忆她当年的样貌，想象她今天的容颜。我在想，当年这段奇妙的心路历程可能就是谁都要经历的青春萌动。我不能判定那是不是我的初恋，即便是也只能叫作"单相思"吧，因为的确除了想见、窥视、心动、梦求以外，是那么纯洁无瑕，既没有与她说过一句没头没脑的话，也从未给她递个纸条、写个情书，更谈不上与她牵个手、来个飞吻什么的，直至三十年后的今天，心灵深处那抹虚无缥缈的情感似乎还很近很近。俗云："哪个少男不钟情？""哪个少女不怀春？"这段朦朦胧胧的情感，我就权当是我的情窦初开，是我青春萌动时一页美好的日历，我要让它在如烟的岁月中成为幸福的回忆，铭刻于自己美妙的漫漫人生中。

（原载于《东江文学》2013年第4期）

随　缘

曾听朋友讲过这样一个小故事。说是有一年三伏天，禅院的草枯死了一大片，一个小和尚急忙去找师父说："快撒点草种吧！"师父道："天凉再说，随时。"转眼到了仲秋，种子买来了，可是一打开包，就被一阵秋风卷走了不少，小和尚急得直跳脚，师父笑笑："没关系，吹走的多半是空壳，随性。"撒完种子，有几只飞鸟来啄食，小和尚慌忙赶鸟。师父开导说："钻得深的鸟吃不到，随遇。"夜半秋雨，小和尚惦记着种子翻来覆去睡不着。师父从容地说："冲到哪里就在哪里发芽，随缘。"一段时间过去了，小草已经长得满园嫩绿，小和尚高兴得手舞足蹈。师父又点头说："该有的跑不掉，随喜。"

故事无非是说人生在世，应该随时而变、随性而为、随遇而安、随缘而乐。

我本凡夫俗子，已过不惑之年，回首人生旅程，自认是个"随缘"之人。

二十世纪八十年代，我怀揣着与同龄人一样的梦想，十载寒窗苦拼高考。在高考犹如战场般争夺特别激烈的那个时代，我作为一个农家子弟，能够考上大学，心中暗自欢喜，因为那是多少个日夜挑灯苦读换来的，是多少人梦寐以求而不得的啊！填报志愿时，我很单纯，一心想只要能上个财政、金融类的专业就行，好早些出来工作挣钱，为辛劳的父母分忧解愁。但天不遂人愿，命运捉弄人，我偏偏被录取到自己并没有填报的师范院校。手捧着一张薄薄的录取通知书心情却是沉甸甸的，心里五味杂陈，泪水暗涌，既为自己在"千军万马争过独木桥"的残酷竞争中脱颖而出、圆了大学梦而激动，更有对不能如愿以偿选择专业的惋惜和失落。毕竟在当时来说，农家子弟要想走出农村，路子大概只有两条，一是上大学，二是去当兵，能上大学当然就更是同龄人所羡慕的。在我们那个有着近三千人的村子里，我也真是幸运的一个，是恢复高考后村子里走出的第三个大学生。可惜的是因分数不高没能有更多的选择机会，恰恰又由于分数中等而被录入自己不想去的师范院校。尽管事与愿违，"希望"像流星一闪而逝，但我并没有去怨天尤人，很快接受了这个不是自己能改变的事实。我想这就是冥冥之中的命运安排吧，"既来之，则安之"。伫立校园背后的幽静山峦，俯视悠悠东流的清澈江水，我用清新净洁的空气荡涤心中的些许浮尘，愉快地投入新的学习生活中。在大学里，我虽不如高考前那样起早摸黑拼了老命去读书，但与很多同学比起来，还算是比较认真学习的人。当时心里想的是我已经比很多人幸运了，比起那些中途辍学不得不回家务农的人，比起那些拼搏多年屡试不中的人，难道我还不应该知足吗？

寒来暑往，转眼间三年过去，人生面临毕业分配的关键时刻，我多么想有父母或亲友为我安排前路呀！因为自己还是个未曾涉世的大孩子，对外面的世界还是那样陌生。然而，父母都是老实人，他们只知道为了孩子拼命地干活，只想着如何能让孩子吃饱穿暖。那时，正值改革开放初始，人们争相奔向如火如荼的经济特区，有些同学就干脆放弃分配自己"下海"创业。我没有自己出去创业的胆量和基础，只能服从分配听候安排。这时，我连惠州在哪儿都不知道，就告别亲人背上行囊独自来到这个举目无亲的陌生城市，想想自己将变成城市居民，脸上仍写着几分期冀几分自得。没想到我被安排到一所离惠州市中心五六公里远的郊区中学，那所学校在当时还是十分偏僻，条件也十分简陋。当我骑着借来的自行车只身来到学校，目睹泥泞的土路、破旧的瓦房、杂草丛生的校园、鸡粪遍地的走廊，冰冷的寒气顿时掩盖了原有的那丝暖流，脑海里自然浮现出先前见过的校园，两相对比，这一巨大的落差无疑又给我重重一击。那滋味无法形容，就差眼泪没有淌出来了。我长在农村，也算是个吃得了苦的人了，面对即将为之效力的这所中学，阵阵心酸涌上心头。幸好学校离老家路途遥远，要不然让父母看到这样的环境不知心里会有多难受。几个不眠之夜过后，我不再去考虑太多，很快融进学校投入工作，并服从安排接管了一个出了名的"问题班"。凭着初生牛犊的干劲，我大胆施展拳脚。功夫不负有心人，"第一炮"总算打出了点名堂。正在我愉悦体味初涉教坛的小小成就时，运气再次似祥云降临在我的头上。我得到政府记功奖励的同时也被破格提拔到学校中层领导岗位，这在论资排辈的当年真是太幸运了。多少人辛苦耕耘、干到头发花白还是个普通教师。我一个初出茅庐乳臭未干的人，干了一年多就得到如此眷顾，这使我顿感无限欣慰。此后，我没有得意忘形，而是倍加努力地踏实工作。在学校从副主任、主任到副校长、校长，一步一步走来，整整干了十四年。

在学校工作的头几年，正是九十年代初期，由于工资待遇不高，工作条件艰苦，教师地位低下，很多人连找对象都难，尤其是男教师。而外面又正值改革春风吹拂，处处传唱《春天的故事》，人心思变之时，身处开发热土，也确实有不少诱人的发展好机会,我身边就有几个同事"跳槽""下海"。我也在心里折腾过，要不要"跳"出去？曾有朋友劝我调到市直某中专学校任教，也有朋友想帮我转行到房地产开发企业工作，还有朋友劝说我"下海"做生意，有朋友动员我争取调到深圳等发达地区去……我的确也心动过。对一个寒门出身的教师，如能有机会发财或有更好的事业发展空间，应该是求之不得的好事。可我又想，我已经慢慢地爱上了这所学校，真心地爱上了所从事的工作，深深地爱上了青春活泼的学生，虽然清苦，却很充实，其中有着别人难以体会的无穷乐趣。我已不舍得放弃，不想也不愿再去另起"炉灶"，铁了心要顺从命运本来的安排，耐住寂寞，守住清贫，随遇而安。

上苍再次恩赐那种执着的人，我在数千人的队伍中脱颖而出得到了提拔，当上了一个政府部门的副职。这应该算是个华丽的转身，是我做梦都不敢去想的事情。只因来之不易，我格外珍惜，不仅要更显农家子弟质朴的本质，时时刻刻鞭策自己，更要低调、虚心、踏实、勤恳地工作。不知不觉在这个岗位上一干就是十年，这十年有过难以言表的苦衷，流过辛勤拼搏的汗水，收获事业成功的喜悦，接受旁人赞许的目光，自觉尽职尽责，没有辜负大家的期望。单位数次的人事变动，我虽不是什么"黑马"，也不敢有太多的希冀，却是很多人看好和支持的"苗子"。一次次"希望"的落空，引来了多少形形色色的议论，有觉得惋惜的，有打抱不平的，有批评太老实的……我尽管心存感激，却常常告诫自己不能把当"官"作为人生追求的首要目标。我想，人不管身在何处，身居何位，只要能携一颗平常之心，知足常乐，简单生活，一切顺其自然，不为虚名所累、杂念所扰、贪欲所困，随性随缘，就是一种莫大的幸福。

对待事业前途如此，对待家庭婚姻也一样无须刻意。每个人都追求浪漫美好的爱情和幸福的婚姻，我也有着与众相同的心理，也在寻找适合自己的对象和爱的归宿。或者是天不作美，或者是命运不济，或者是生不逢时，或者是自傲，或者是自身缺乏魅力，我谈对象竟然成了老大难。那几年，有很多熟悉的领导、同事、朋友、老乡热心当红娘，先后介绍过不少女孩子，有年轻貌美的、有工作岗位好收入不菲的、有才华出众的，还有家庭背景很好的……就不知怎么回事，总是有缘无分，难以修成正果。原因自然很多，但我感觉到重要的还是我的教师职业以及双方的感觉问题，真的辜负了太多太多关心我的人，以致引来不少人的误解、议论、猜测。说实话，听到父母催促觉得心有愧，听到同学询问觉得难为情，听到同事关心觉得难开口，听到背后议论觉得不是滋味。不过我还是相信缘份天定，我想等到一个有缘又有分的人姗姗而来。佛说：前世五百次的回眸，才换得今生的擦肩而过。古人也说："百年修得同船渡，千年修得共枕眠。"我坚信茫茫人海自会有相遇、相识、相知、相惜、相亲、相爱的那个人。春去秋来，年复一年，岁数渐长，眼见自己在守候中已成长为大龄青年，说心里不急那肯定是假话。终于，我与生命中的她——我的结发妻子，相遇、相知并组成了小家庭，完成了立业、成家、生子这么个世俗而又神圣的人生使命。我不太信命但我信缘，尤其是婚姻，因而我像爱我自己一样珍爱这份迟来的爱，这个迟到的人。我从未想过创造世上最浪漫最引人注目的爱情，只求爱如春水缓缓而流。我想用一生纯洁的情、深沉的爱去呵护,让"随缘"的爱如春天的草地嫩绿,让"随缘"的家似秋天的田园果熟穗满,让"随缘"之福仿佛浩瀚的东海不停涌动。

光阴荏苒,二十多年一晃过去了,我静静地梳理着走过的亦坎亦平的路,蓦然发现自己从当年上大学到学成就业,从普通的教师到逐级提拔,从事业初成到结婚生子,主观上虽也一直在不断地追求不停地努力,但更多的是随缘顺势,知足常乐,从来未曾有过刻意强求和贪婪的欲望,一切的一切都如四季更迭,顺其节律,随缘而乐。叹如今纷扰的世界,太多的缘起缘落,就让"缘"成为永存于心的美丽邂逅吧!

(原载于《东江文学》2013 年第 3 期)

辑二 拾萃

写给我的双亲

我的父母都是二十世纪四十年代初出生的。据说，母亲刚出生不久，我的外祖父就去世了，母亲和她唯一的哥哥就由我外婆含辛茹苦拉扯成人，小时候仅上过三年学。父亲生于贫寒家庭，祖父也只让他念了六年书，他十五岁便到"铁山矿场"工作了。1962年俩人经人介绍相识结婚，从此挑起了上侍父母，下养儿女的家庭重担。

父亲与母亲性格完全不相同，父亲比较刚烈、暴躁，母亲则温和、内向，一刚一柔，但他们却相亲相爱、相敬如宾，偶因家庭琐事争论也不至于面红耳赤，更因母亲的温柔、善良和谦让使家庭保持和睦与轻松。母亲共生了我们兄弟姐妹六个。在我的记忆中，母亲压根儿就没有清闲过一天，带孩子、种田、养猪、拾柴草、做家务，总是从早忙到晚，但她似乎不觉得累，而是乐在其中。正是她通情理、知礼仪、勤干活，邻里族亲都夸她既贤惠又能干。的确，因为父亲在普宁县排灌总站工作，又是技术骨干，经常被派往各加工厂或水利工程负责装配和维修柴油机、发电机，早出晚归，家里的担子就只能落在母亲的肩上了。

父母的"孝"在村里是尽人皆知的。自我懂事时起，就能切身体会到父母虽然很苦很累，但对长辈非常孝顺。那时候，我爷爷脾气比较暴躁，常会因为丁点小事莫名火起。父母对爷爷有时歇斯底里的责骂和埋怨非但能做到不争不辩、不吵不闹，更对爷爷奶奶的身体和生活悉心照料，体贴入微，有好吃好穿的首先想到的就是爷爷奶奶。他们对我外婆也同样是承欢膝下，嘘寒问暖，孝顺有加。父亲在外工作，时常会捎带一些好吃的东西回家，看着口水在嘴里打滚的我们几个兄弟姐妹，他并不急于分发，而是使唤我们先给爷爷奶奶送去。

　　孟子说："老吾老以及人之老，幼吾幼以及人之幼。"这应该是儒家传统思想的精髓部分，父母并没习过旧学，却对中华民族的传统美德捧为庭训。父母不仅对自己的生身父母极尽孝道，对村中长辈、族内长辈、亲戚长辈、有才有德的乡贤也是十分敬重。爷爷因一场交通意外在七十多岁离世后，父母不嫌辛苦，在奶奶极需照顾的晚年不离左右，悉心照料饮食起居，真正尽到了"床前孝子"的义务，直至奶奶九十岁高龄时带着幸福和满足毫无遗憾地含笑极乐，而奶奶临终前一句"忠儿、娟媳妇是最好最孝的"令父母心里甚是宽慰。

　　在村里人眼中，父母都是忠厚老实、朴素善良的人。他们为人厚道，不计得失，宁愿自己吃亏也不与人争，更不与他人结怨。他们坚信"好人有好报"，常教育我们不论贫贱富贵都要与人为善，不论何时何地都要踏实做人，不论成功失败都要不计得失。而他们的言传身教，使我们兄弟姐妹耳濡目染，深受教益。记得小时候，我们兄弟姐妹都很老实，偶尔会被村里一些较大或较调皮的孩子欺负，但父母并没有向他们父母投诉和责怪他们，更多的是就事论事对我们兄弟姐妹进行教育。父母还有一副热心肠。当左邻右舍的孩子或老人生病时，常主动上门关心帮助；当家里有好吃的东西时，常会让我们兄弟姐妹送些给邻居的孩子或老人。每当过年过节，或办喜事，更是将好吃的东西分给亲邻，尽管自家并不富有，尽管自己子女成群。在父母亲的影响下，我们也渐渐学会了如何与人相处，如何帮助别人。

父亲是个极有悟性的人，他虽然只读了几年书，但他聪明，勤学肯钻，干什么事都很容易上手，文笔也不错，难怪很多人都以为他上过高中。在普宁排灌总站工作时，他是县里有名的机修能手，常被单位派遣或被邀请到各地去修理机器，因此在普宁乃至潮汕地区的很多水利工程工地常会有他劳作的身影。我上小学的时候，曾多次跟着他到单位或是公社的加工厂，目睹他满身大汗、满手油污工作的情景，亲耳听到大家发自内心佩服地叫他"林师傅"，亲身体会他工作的快乐与辛苦。有道是"磨刀不误砍柴工""种瓜得瓜，种豆得豆"，正是他的勤劳、刻苦、钻研成就了他在当地令人信服的技术和业绩，赢得人们的啧啧称赞。当然，外面工作回来，他还要拖着疲惫的身体帮我母亲干些农活、家务活。对于那时还涉世未深的我，觉得父亲是多么伟大，多么可敬，并暗自立志长大后要成为与父亲一样的人。母亲看上去身体瘦弱，却能干得很，家中事务无所不包。试想，仅照顾我们兄弟姐妹的吃喝拉撒睡就够忙的了，还要干一大堆农活，时常还要上山拾柴草，而且家里又常养着母猪和一群小猪。农活、家务活之重尽压在一个柔弱的女人身上，今天想来，也难以想象当年她是怎么扛过来的，幸好有时候我舅舅也会来帮帮忙。母亲起早摸黑，不辞劳苦，无怨无悔，省吃俭用，为的就是这个家，为的就是这群嗷嗷待哺的儿女，这怎能不使我们对母亲肃然起敬？印象中，母亲一天到晚里里外外忙个不停，一日三餐难有个准时，但她从无任何怨言，她的脸上永远只有满足与安详。正是父母亲的身体力行，言传身教，让我们兄弟姐妹早熟、懂事，从小就学着帮忙做点力所能及的家务活和农活。虽然父亲有份在当时来说还算可观的工资，但既要孝敬爷爷奶奶，又要应付人情往来，更要解决一大家子人的柴米油盐，供几个孩子读书、穿衣，可以说是样样要钱，常常是捉襟见肘。他们自己节衣缩食，像"小鸡啄碎米"一样一点一滴积蓄，一心欲实现自己建屋的夙愿，因为他们没能从父辈分得什么房产和家业。好在皇天不负有心人，父母终于在八十年代初凭着自身的努力艰辛地建起了几间新房,当然到全部建设完善还历经了好多年。

住进"準诚居",看着自己辛辛苦苦积累、亲手建设起来的新房,他们百感交集,心里坦然。这虽非高楼大厦,但一砖一瓦无不凝聚着他们的心血与汗水,是他们奋斗大半生梦寐以求建立的基业,是他们赠予子孙宝贵的财富,是他们留给儿孙永久的纪念,岂能不喜由心生。

父母对子女的养育可谓煞费苦心。他们最朴实的想法就是孩子都能健康成长,最大的心愿则是孩子都能考上大学。父母没有重男轻女的思想,平等对待每一个儿女,不偏不倚。在小时候的记忆里,父亲对我们兄弟姐妹的要求很严格,要我们学会做人,做老实人,绝不能跟人打架,不能抽烟,更不能干偷盗、赌博的事。记得有一年春节,哥哥和我拿了压岁钱买了九分钱一包的香烟躲在村前抽干了水的鱼塘里偷偷地抽烟,不知怎么被父母知道了,我们两兄弟回家后免不了被父亲一顿严厉的责骂。每当过年,村头总会有三五成群的人聚在一块赌博,父亲从不参与,而且常告诫我们不能赌博,警告说若发现我们赌博必要挨打。由于父亲从小的严格要求和教育,我们兄弟姐妹至今都没有染指赌博。兄弟姐妹多,争吵当然少不了,每当此时,父亲定是严厉训斥,有时在气头上也会操起棍子想抽打,可最终总是高高举起轻轻落下,或者故意地敲打地板木板,目的是用敲打地板木板发出的声音吓唬我们。而母亲在家则是"和事佬",她没有什么脾气,我们犯了错,她苦口婆心地给我们讲道理,教我们怎么做人、处事。在父亲严厉责骂甚至想动粗打我们的时候，她总是出来调停，却也绝不护短。父母对我们的管教宽严有度，严而有爱，使我们兄弟姐妹学会了诚实做人、互谅互让、和睦相处。父母念书不多，然而他们深知学好文化知识的重要，深信知识可以改变命运。他们把我们兄弟姐妹一个个送进学校，并经常现身说法，讲述他们如何如何想读书而无法读书，勉励我们珍惜机会，刻苦学习。尽管他们要干的活很多，干得也很累，但为了让我们有更多的时间专心读书，从不过多要求我们帮忙干活。每当看到我们进步，都会及时进行鼓励，这使我们对学习充满了信心。1977年国家恢复高考之后，父母一直激励我们努力学习，考上大学，这是多么朴素的思想，这是开明父母心底的期盼。我们兄弟姐妹也算争气，个个学习成绩都不落后。尤其我哥哥，他是家中长子，在家庭条件和学习环境都不太好的情况下，凭着毅力、韧劲、勤奋，终于成为恢复高考后村里第一个通过高考考上大学的人。那时候高考录取率极低，"千军万马争过独木桥"，要考上大学可谓千难万难，而有了哥哥做榜样，我们也信心大增，加倍努力。至1985年全村只考上了三个人，我们家就占了两个。在村里人交口称赞、争先道贺时，父母亲虽没有手舞足蹈地炫耀，却打心底感到欣慰与自豪。他们在家里说得最多的一句话就是"不管男孩女孩，只要想读书能考上，我们再苦再累再困难也支持"。后来我一直想，在当时的家庭环境下，父母完全可以叫哥哥和我在上完高中后，回家帮忙，扶持弟妹，但他们不仅没有这样做，还不断地鼓励和鞭策我们，使我们得偿所愿。想想，如果当初没有父母的开明和远见，没有父母的支持与激励，没有父母的辛劳与无私，我们兄弟就会与高校失之交臂，我们的命运也就不得而知了。真的庆幸我们生而逢时，更加庆幸遇到如此平凡又伟大的双亲。逝者如斯，我也已为人之父，到今天我是越来越能理解和体会"可怜天下父母心"这句话的深刻内涵了。

一生辛劳的父母，如今年逾古稀，已经儿孙满堂，可他们也没闲下心来，依然不停地干活，依然记挂已为人父母的儿女，常常操心儿女们的工作、生活和健康。在父母心里，我们仍然是未曾长大的小孩，仍然需要他们的抚爱。对他们而言，幸福就是儿女的平安，幸福就是孙辈的健康、成才。我常想，父母给了我们坚强的生命，给了我们生活的源泉，给了我们奋斗的力量，给了我们温暖的家，给了我们无尽的爱，我们难以言谢，难以报答，唯有祝愿他们永远安康、生命久长！我们将永远铭记父母的养育之恩、抚爱之情，并将从父母身上学到的善、孝、爱一代一代传承，泽及后代子孙。

（原载于《东江文学》2012年第3期）

今年中秋月最圆

一轮硕大如盘的明月被几朵淡淡的白云簇拥着,早早悬挂在头顶,洒下沁人心脾的银辉。傍晚的一场大雨,非但没能将可爱的"玉兔"吓跑,相反,被雨水洗刷过的天空更加清新透亮,硬是将中秋夜的圆月衬托得格外婀娜多姿。

中秋是中华民族的传统佳节,是海内外炎黄子孙相思相聚的好日子。多少离乡背井外出拼搏的游子,多少忙于工作难以承欢父母膝下的儿女,无不借此佳节纷纷回去与父母长辈团聚,抑或通过电话、短信表达思念之情、祝福之意。思亲、相聚,就像是一根无形的线,拉近了天各一方亲人好友的距离,增添了亲情、友情,使家人朋友相互理解,和谐和睦。

我自毕业离开家乡后,已在外地生活二十多年。这么多年来,由于工作时间、道路交通、主观意识等诸多因素,能够在每年中秋节回到父母身边,与父母共度佳节的次数的确是屈指可数。这使我常常心生愧疚。然而,今年却与父母亲一起过了一个非同寻常的中秋节。说是不同寻常,是因为节前父亲因病住院,到了中秋虽已基本康复,但还不能出院,因此这个中秋节是在医院里过的。

父亲今已年逾古稀。由于家庭缘故,他十来岁便弃学外出打拼,几十年辛苦操劳,养家育儿,无怨无悔,对子女从来都是爱护有加,极尽体谅。退休之后,仍闲不下心来,操劳家事。好在本来体质就好,身体还算硬朗,无须子女挂心。这次住院,那是父亲在我记忆中唯一的一次。

特殊的时刻,特别的节日,促使我推掉了一切应酬,下定决心全心全意陪伴父亲过节。这天,不知是什么驱使,我竟然动手为父亲的中秋晚宴炖了一盅汤,我可是有好多年没进过厨房做饭了。当我端上冒着热气的鸡肉松茸汤,看着父亲不时点头,眉飞色舞地一口口喝下汤时,我的心里夹杂着难以言状的滋味,酸的、苦的、甜的。我妹妹还专门给这汤起了个好听的名字叫"爱心汤"。

晚饭后,当我带着母亲到了医院病房,出现在父亲面前时,不难看出,父母亲都如同小孩过节一般,格外开心。多日未见,尤其是父亲手术后,母亲在家负责做饭,没让她到医院看父亲。此时,母亲一见到父亲,便迫不及待脱口对父亲说:"月圆人圆,你身体也好了,我们等你回家。"说这话时,母亲难掩兴奋和激动,而母亲简洁的一句话却也重重地撞击着我的心灵。在我们到医院前,朋友小陈一家三口已先于我来到我父亲的病房。我们进来时,一眼就能看到父亲正与他们聊得起劲,尽管他是平躺在床上。在我母亲那句见面开场话后，小陈对我说："我要跟你爸喝酒。"我知道他是想逗我父亲开心。没想到，这时父亲掀开了盖在身上的小被单，笑着从身体右侧拿出了捂着的一瓶"老酒"，高兴地说："来，喝酒。"原来小陈已经把酒带来了。虽然明白父亲此时不可能真的喝酒，但看到他如此开心，我们大家也都哈哈大笑了起来。

谈笑间，我妹已在狭窄的窗台上摆上了切好的水果和月饼。母亲、我、小妹、外甥女和小陈一家便在病房里陪着我父亲，在玻璃窗外明月的见证下，一边聊天，一边吃着月饼、水果，其乐融融。我特地指着窗外的月亮问父亲："今晚的月亮圆吗？大吗？月亮是什么颜色的？"躺在床上的父亲侧过头，顺着我手指的方向寻找月亮。他看见月亮后高兴得像小孩一样，一一回答了我的问题。我在心里问自己，要是在以往，在平时，我还能这样陪伴着父亲，还会对着父亲提这些问小孩子的问题吗？父亲也能像小孩子一样回答这些问题吗？在我陷入万千思绪时，小陈已用一次性纸杯倒了满满两杯矿泉水，递给我父亲一杯，说跟我父亲碰杯喝"酒"。父亲开心极了，以水当酒，一饮而尽。房内是笑声不断，气氛温馨，母亲也是乐得合不拢嘴。其间，在外地不能陪伴父亲过节的我的儿子、侄子、外甥也都陆续给我父亲打了电话，既祝贺节日，又祝福健康，听着电话那头孙辈们的祝福，父亲是高兴到躺着也手舞足蹈，说话的声音也显得特别洪亮。

看着父亲那股兴奋劲，我打心里欣慰。父亲本来就是乐观的人，这次住院，得到医生和护士的悉心照顾，还有众多亲朋好友关切的探望鼓励，更有他本人对人生的梳理思考，我发觉他比以前更加开朗乐观，更能洞悉人生了。也因此使他的身体得到快而有效的治疗，同时增强了其本人珍惜生命、珍爱生活的信念，这段时间他就不止一次说："我要向一百岁冲刺。"回想往年中秋，总有诸多理由，未能陪伴父母左右，可想而知，他们虽然理解且没有说出来，但心里肯定是十分期盼儿孙绕膝的。可怜天下父母心，父母本来对子女的要求就不高，他们并不希望子女提供太多的物质享受，他们只想在晚年多看看自己的儿孙，或者就只想和子女说说话。今年这个特别的中秋节，我的确感触良多，让我更切身体会到有子女陪伴过节的老人是多么的满足和幸福，我也更加懂得该如何让父母真正享受天伦之乐了。我会在父母的有生之年，多点陪伴，多给慰藉，让他们乐享天年。

在我们就要离开病房时，本已走近门口的母亲突然又转回头，走到床前，拉起父亲的手，说："今夜月圆人亦圆，你应该觉得很幸福了，望你早日康复，长命百岁。"母亲的这一举动，这一句话，使我既感动又心酸，顿时眼泛泪光。

走出医院，抬头望月，皓洁银辉洒遍天宇。那边江畔公园里人们三五成群，嬉戏玩耍，数盏孔明灯正向着远方飘去。此情此景，让我顿生诗兴，即时独自低吟打油诗两首。一曰《癸巳中秋》："一派苍穹玉镜明，银辉泻落九州清。儿童椰奶争甜饼，珍馐茅台壮激情。建设国家图大治，指挥河岳向中兴。今宵四海同额首，万丈心香叩月灵。"二曰《八月十五》："月半秋中月最玄，逍遥终古为谁悬。朋侪执手察时变，父老交杯话岁旋。江畔鸳鸯三鼓冷，楼头星宿九霄闲。生逢盛世人情好，一曲新词破梦圆。"

在车上的收音机里，我听到报道说，往年多是"十五的月亮十六圆"，而今年中秋十五的月亮是最圆的，下一回再看到如此圆的月亮需再等八年。我却觉得，在我的心里，在我的人生中，任何时候的月亮都无法与今天的相比，今年中秋的月亮永远是最圆的。

（2013 年 9 月于惠州）

早行，处处是风景

送小孩到了学校，看着上班时间还早，便径直把车开到金山湖公园，想先散散步，沐浴夏日早晨的清凉。

我停好车，站在入口广场上，我环视整个公园，感觉面积很大，既有宽长弯曲的水域，也有高低不平的陆地。地面依地势和形状分成大小不一的若干区域，错落有致地种植品种繁多的花草树木。一阵清新的空气，夹带着鲜花的芳香扑鼻而来，让我顿觉心旷神怡。我迎着晨光昂起了头，仰望那宽阔柔和的蓝天。浅蓝色的高空中静静地漂浮着淡淡的白云，轻轻的，似乎没有一丝游动。挂在空中的半轮月亮与云一样的絮白，在云的陪伴下低调地静立于高高的天空上。欢快高飞的小鸟、悠然低旋的蝴蝶，在公园的上空，在薄薄的白云下面随心所欲地勾画着一幅幅素描。

顺着公园洁净平坦的路，我一边悠闲地散步，一边欣赏城市中心怡然的风景，时不时还不由自主地伸伸两只缺乏运动的手，不协调地配合着移动的脚步。

眼前红黄青白紫各式各样的花，千姿百态，姹紫嫣红。也许是昨夜柔情月光的眷顾，也许是昨夜晶莹露珠的浸润，也许还有晨光和清风的爱抚,它们无不青春焕发、朝气蓬勃,无不芬芳娇艳、香嫩鲜活,无不含羞带露、笑迎阳光,无不招蜂引蝶、诱惑行人。我暗自庆幸自己来了,而且还来得早,能欣赏到这些犹如刚睡醒但已梳妆打扮的少女般娇艳的花。是啊,要是来晚了,可能我看到的就是被尘染的、被晒蔫的,不再有活力、不再有生气、不再有魅力的残花。

在公园每一个角落的花丛树梢,纷纷传来蝉的鸣叫。蝉的声音异常单调,枯燥乏味,毫无美感可言,说实话我并不太喜欢。每年进入夏季,蝉开始发声,据说那是一种求偶的行为,这原是该物种的本能,是无可厚非的。无奈它们一大清早就叫,常常惊扰我没有做完的晨梦,让我始终对它们喜欢不起来,2013年我还专门写了一首打油诗表达过对它们的厌烦。然而,今天在这里,我又似乎觉得这蝉叫得特别好听,就像是歌手们热情洋溢的歌唱,在这晨曦弥漫的大园子里,伴随着流动的清香,应和着我悠闲的脚步,沁入我清爽无比的心田。

循着一处蝉的合唱,我发现那边亭子里坐着三个高中生模样的男生。出于教育工作者的本能意识,我特意绕到他们旁边,想看看他们在做着什么。距离他们还有几步之遥,我就已清晰地听到他们中的一个正在朗读英语,而另外两人却在讨论物理问题。我心想,今天并非周末,他们怎么不去上学,又为什么跑到这里来读书?哦!我想起来了，今天是中考会考，他们的学校应该是成为考场了，不能到学校，才来这里学习的。我脑海里忽然浮现了三十年前备战高考时的情景，何等相似。为了过那座高考"独木桥"，我常常天蒙蒙亮就起床，与三两同学来到校园大树下、学校周边未盖顶的新房屋、校外翠绿的柑橘地里，读书背书，复习迎考。多少莘莘学子，十年寒窗，为了考上自己理想的大学，勤奋拼搏，自强不息，精神何其可贵。感同身受，况且自己还是一名教育工作者，我在内心给了他们由衷的称赞，并把他们视作这公园里一道极为美丽的风景。

我怕惊扰他们学习，便悄悄地走开了。此时，我才发现，前方公园一块较大的草地上，有十来位戴着草帽的园丁，或穿着短裤或光着上身，或蹲下身子或弯腰站着，分散在不同的区域，锄地的、施肥的、剪草的、喷药的，各自忙碌着，他们健硕的身影、熟练的动作、勤劳的精神令人肃然起敬。正是园丁们的起早摸黑，辛勤耕耘，不辞劳苦，才培育出了这满园青翠、满地繁花。是城市的美容师们给大众塑造了一个可以休憩、可以观赏、可以运动的城市乐园。

我边走边思索着。忽然间，前面传来一阵阵青春激荡的乐曲，萦绕耳际，那美妙的音符如不速之客，一个个积极地钻进了我的身体，激活了我的细胞。二十多个穿着各异，年龄在三十至五十几岁之间的妇女，正伴随着音乐的

旋律和节奏，动作比较整齐地扭动着或粗或细的腰肢，挥舞着或长或短的臂膀，甩摆着或黑或黄的长发。她们个个汗湿衣衫，但那份投入，那份激情，显得个个青春焕发的。

听碰巧在这里遇见的一个朋友说，她们每天早晨都坚持在这里跳舞、做操，除非下雨天，这无疑又为公园增添了一道迷人的风景。我在心底敬佩她们的恒心、她们的毅力、她们的习惯，并对自己缺乏坚持、缺乏运动感到自惭形秽。人们常说"生命在于运动"，她们的青春、她们的美丽、她们的自信，不就是从春夏秋冬坚持不懈的运动中换来的吗？也许从今天开始，我会彻底改变我常常找借口不运动的坏习惯，爱上运动，坚持锻炼，唤醒活力，找回青春。

温度渐高的阳光吻在我的脸上，也毫不吝啬地把爱给了树梢、给了竹林、给了花丛、给了清水，斜射出绿色公园的一片片凉荫，映射出清漪水面的粼粼波光。

不知不觉我已绕着公园走了整整一大圈，身上的 T 恤也被汗湿了一大片。难得早起，难得早行，更难得在一大早领略这么多自然和生活的美景。此刻，我的心里增添了生活的情趣、运动的快乐、工作的愉悦、人生的思考。我仿佛明白了，人生处处皆风景，智慧的、有谋划的、勤耕耘的人生何尝不是风光旖旎，悦己迷人。

（原载于《东江文学》2014 年第 6 期）

柘林湾与耕海人

农历二月初,岭南已从春节喧闹的气氛中渐渐平静下来。大地春寒料峭,天空中不时轻轻地飘落雨丝。在甘露浸润下的花草树木显得更加光鲜靓丽,正精神焕发地迎候生长的黄金季节。

我与几位好友利用周末相约到了粤东门户饶平,探访了柘林湾大门海域的渔村。

我以前从未到过这里,但曾经听饶平的老同学介绍说,柘林湾是全国最大的海水网箱养殖示范基地,这里风平、浪静、水深、潮差大、淤积少,从事网箱养殖的个体户多达千户,规模大,面积广,人们因此称其为"海上牧场"。

我们乘坐一艘渔家专用的快船,迎着习习寒风,劈开平静的水面,渐渐驶离了三百门港码头。

站在船头,放眼望去,偌大的海湾烟雨蒙蒙。由于水雾较大致使能见度低,较远处的几座小岛若隐若现,仿如仙岛,却也增添了几分神秘感。低矮的天空下,成群的海鸥仿佛进入无人之境,时而俯冲至水面,时而掠过我们的头顶,极度自由快乐地翱翔,似是在以最特殊的方式载歌载舞，兴奋无比地迎接我们这帮客人。

我们顺着航道前行。这航道很宽阔，水面也很平静，不时有各种大小渔船从我们旁边驶过，也只有此时才能感觉到那海上的波浪。

航道两边是一块块固定在海面上的大大小小的木排，也就是鱼排，它们一块紧接着一块，连成了航道两侧很大很大的两大片，它们中间便自然形成了宽阔的航道。这里数不清，似乎也看不到边的鱼排，实际上就是一个个首尾相望的海水养殖场。如果说这航道是一条河，那么分布在航道两边紧紧相连的养殖场，就像是专门为航道筑成的河堤，又是它们构筑成了一个大型的渔村。

我曾到过沿海的好几个地方的渔村，感觉它们的规模都比这里小得多，而且鱼排稀稀疏疏，根本看不出一种繁华的景象，压根儿就不能叫作渔村。

船行约莫五十分钟，我们来到了朋友家的鱼排，一个规模比较大的养殖场。我虽多次见过海上养殖场，但真正走进养殖场还是第一次。

近距离看，我才发现，这里的鱼排实际上就是用一条条坚硬结实的木板纵横相连，搭成一个个坚固的方框，木板由浮力很大的一块块泡沫板或一个个空铁桶托起，整个木排用铁锚和沉重的石头等拉住以防漂移，而一个个方框便是一个个养殖箱。每个养殖箱都是用沉在海里的一张大网围成，就像一个大兜固定在木框的四边上，深达六七米的网兜就是饲养鱼类的生活和栖息空间。不同鱼类用不同网箱,据说一个网箱可养几百条,甚至上千条鱼。难以想象,天南海北,数不胜数的餐桌上,有多少海鲜就是从这里送出去的呀!

站在鱼排上,我环视整个海湾,星罗棋布的一家家养殖场如同海上一块块浮动的田园,它们既是渔家的自留地、责任田,也是渔工用汗水浇灌的沃土。

看着渔工在狭小摇晃的木板上轻松自如地行走,看着他们撒播饲料喂鱼时灵巧的动作,看着他们风吹日晒留下的岁月沧桑,我不由得对他们多了一份肃然起敬之情。

我生长在农村,小时候就干过农活,切身体会到日出而作的辛苦。看着眼前的渔工们,在远离陆地、远离城镇、远离亲人,生活和自由空间很小很小的海上,迎风搏浪,任由风吹日晒,承受单调生活,辛勤地耕作,那是何等艰辛和伟大。据介绍,这个渔村的渔工多是四十岁左右的夫妻,舍亲别子,不怕寂寞,与海相依,勤劳善良,热情地投入渔村建设中。你想,在海上工作,本来就比较危险,行走的又是一条条狭窄的独木桥,一不小心就可能会掉进令人畏惧的大海。要是遇上刮台风、掀大浪,别说工作,就是待在鱼排上也是令人毛骨悚然的。

当然,他们虽苦犹乐。从事海耕,挑战大海,本身便是一种自豪的事。在海上常随潮涨潮落,常待朝霞夕照,常观千帆竞发,常赏白鹭归巢,常数万家渔火,难道不是很多人日思夜想的吗？白天有成群的海鸥在头上在身边飞跃嬉戏，有渔家养的看场狗与他们相依为伴，有抢吃的鱼儿像水中健儿翻转着身子回报他们的悉心照顾，更有肥美的鱼蟹源源不断地从他们勤劳的手上送往千家万户，那是一种辛苦中的快乐。晚上，他们既可以在鱼排上的小屋子优哉游哉地品茶、看电视，也可以驾驶小船到养殖场内其他鱼排上串门，与朋友、老乡聊天打牌，甚至偶尔来杯小酒，面朝大海引吭高歌，多么惬意的一种生活。

　　我是个旱鸭子，爱大海又对它心存敬畏。眼前，看着这一大片充满生机活力的养殖场，想象着入夜之后，海面万家灯火，灿若繁星的景象，还有那迷人的海浪天风，着实有些流连，不太舍得离去。再看看那些风餐露宿、与海抗争、努力耕海的人们，想象着我们常常不劳而获在饭桌上享受美味海鲜的情景，我发自内心感谢和敬佩默默无闻的耕海人。他们难道不也是在努力筑造富裕幸福的中国梦吗？

（原载于《东江文学》2015年第2期）

微 信

我是一个思想上与时俱进，但在生活上不喜欢赶时髦的人。譬如用手机，我从来都认为只要可以打打电话，发发信息就行，对其他的诸多功能并不太感兴趣。

不久前，手机上的微信功能开始为年轻男女所垂爱。身边几个先玩起微信的朋友老动员我开通该功能，可我总是以各种理由婉言拒绝。就在上个月，我换了手机，一个朋友硬是让手机店的技术员为我开通了微信功能，我虽不太愿意，也没有拒绝，就这样半推半就接触了微信。此后，便有选择地加了一帮微信好友。慢慢地，随着微信好友的增加，每天接到的信息是越来越多了，因为本来工作就忙，微信上的信息又大多内容很长，以至于时常看不过来。让我自己意外的是，短短时间我竟有些喜欢上微信了。

微信是一座精神的粮库。每天，我一旦有空，便会打开微信，每次都会在朋友圈里看到诸多朋友发来的链接或自制的信息。信息的内容可谓丰富多彩，有教人做人处事的，教人积德行善的，教人学会感恩的，教人养生健体的，教人生儿育女的，教人扭转命运的，教人安全生活的……

还有传递国际风云变幻、国内社会形势发展变化的,有涉及政治的、富含生活哲理的,有传送美文、美图、美画、美景的,有自拍亮相的、自曝家门的、自晒幸福的、自乐行程的、自玩宝贝的,如此等等,不一而足,真是琳琅满目,精彩多多,只要认真阅读,细细品味,的确让人受益匪浅。只需拿出手机,动动手指便可知天下事,能赏美丽景,获得优教益,吸取好营养,真真爽快而有趣。而在以往,要获得那么多的信息必须到电脑前上网才能解决,那会受到时空条件的限制,费时费力。朋友间的手机短信交流,却因篇幅所限、技术不能支持而难以达到速度快捷、内容丰富。一条微信便可以承载一篇长长的文章,一幅长长的照片,容量极大,而且只要有网络支撑,随时随地都可以打开手机浏览,相当方便。自从开通了微信,我像着了魔一样,只要有点空就下意识掏出手机,连接网络,打开微信,迫不及待翻看有没有朋友们的信息。可以说每天都有很多朋友发了信息,包罗万象的内容,有时看都看不过来。在家吃饭时我也常常一手拿筷子,一手托手机,嘴巴忙着吃东西,眼睛忙着看信息,物质和精神双收获。我这才真正理解,为什么经常在办公室、候车厅(亭)、公交车上、公园里、街路边、电梯内、食堂中、餐桌旁这些不同场所看到那么多的男男女女手捧着手机,低头翻阅信息,自得其乐了。

微信是一个交友的平台。开通了微信,我们便可以与原来储存了电话，并也同样开通了微信的朋友搭建一个更加便捷的交流平台。我想加或不加某个人，我可以自由选择。而一旦确认了朋友，我便可以随意地与对方近距离沟通。我可以通过微信一对一地与某个人对话，也可以在朋友圈里发信息让朋友共享。这样，在不需通电话，不需面对面的情况下也能很好地交流。如果我想认识更多的人，交更多的朋友，我还可以有选择地添加，使自己的朋友圈在可控范围内不断扩大，获取更广泛更丰富的信息资源。当然，只要我认为谁是不可交之人，不必与他有太多的牵扯，就像那些喜欢在朋友圈里乱发负面信息、不实内容、不良情绪的，便可以随时随地把他删除或打入黑名单，不再让他看我的朋友圈，我也不再去关注他的酸甜苦辣，正所谓大路朝天，各走一边，何其快哉。

　　微信是一方照人的镜子。社会上的人形形色色。在朋友圈内，因为每个人都有他们自己的世界观、人生观、价值观，有不同的兴趣爱好、认知和品味，而往往这些东西就会在他们所发出的信息中不知不觉地折射出来。因此，我可以从众多朋友的微信中去发现不同个性、不同情趣、不同品味的朋友。不是吗？生活在纷繁复杂社会中不同的人，有着不同的生活学习背景，有着不同的精神信仰，有着不同的文化层次，有着不同的职业生涯，有着不同的人生态度，有着不同的消费观念，也就决定着每个人不同的生活方式。在朋友圈内，有的人特别关心政治，发的内容多数涉及国际国内大事要闻；有的人很喜欢养生，发的多是生活中关于吃喝拉撒睡和强身健体等内容；有的人极爱幽默，发的内容多是有趣故事和生活笑话；有的人钟情艺术，常常会发古今著名艺术作品与大家共赏；有的人热衷旅游，走到哪里都会第一时间将拍到的美景发送到朋友圈；有的人喜好自晒，家庭生活情景、孩子的活动、珍藏的宝贝、吃着的美味等都一一随手拍发；有的人看准了商机，时不时发他们营销的商品；有的人情难自控，一时一事的情绪也发到朋友圈中……是的，只要有心、细心，只要稍加留意，便可以大略了解朋友圈中每一个人的性格、特点、爱好、专长。微信，原来还有这个潜在的功能，估计这也是技术开发者所未曾料及的。

  我从不太相信，到体验微信，再到爱上微信，既是一波三折，又是闪电爱恋。我深有感触，与过去书信交流、电报传信、BB机寻呼、公共电话沟通的年代比起来，现代科学技术的快速发展给我们的生活带来了太多太多的方便。我们得益于改革开放，得益于国家富强，得益于科技进步，我们生而逢时。我想，微信这条快捷的通道，定能让我认识更多的挚友，定能让我见识更广的世界，定能让我收获更多的快乐。

一夜起伏

这天,一如往日,事务繁多。忙了一整天,觉得有些累了,就想早点休息。不到十二点便上了床,这于我来说是一年当中十分少见的。几十年来养成了晚睡的习惯,就是没事也要捱到十二点后才上床睡觉。往常,只要是躺下后脑子里不去想任何事,一般不出五分钟便可美美睡着,因此常让妻子好些妒羡。可今夜都躺下很久了,还是无法入眠。这其中有两大原因:一是天气太闷热,虽光着上身也在不停地冒汗,甚觉不舒服;二是大脑异常兴奋,如同大海的波涛,一浪接着一浪,撞击着那条掌管"清醒"的神经,使脑海翻腾不已。

刚躺下时,心里还在为上级主要领导晚餐时的肯定和支持兴奋不已。说实在的,我接任单位"一把手"半年来,上级领导特别是主要领导对我的工作和我们系统的事业发展非常支持,可谓是关怀备至,政策倾斜,有求必应,力度空前,直惹得其他单位多有羡慕。我在内心欣慰的同时,也自觉责任重大,因而一点也不敢懈怠和偷懒。晚餐时,我又斗胆向区主要领导提出一个大项目建设的要求,原以为他会说考虑考虑，因为毕竟是一个需要投入好几千万的大项目，没想到他竟毫不犹豫，特别爽快地答应了。这让我激动万分，暗自庆幸又能为本系统事业的发展写下浓墨重彩的一笔。饭后很久，兴奋之绪还无法平息，直至晚上躺下来还在激动，还在回味着领导的话，还在脑中翻阅几个月来被领导关怀的一桩桩一件件大大小小的事⋯⋯

想着想着，忽觉自己为了工作，有些忽视了家人。不是吗？前几天还在翻日历看妻子哪一天生日，想到那天给她庆贺一下。可到了今天中午，当爱人发信息说有人请她吃饭，我的饭菜已准备好在锅里，并要我查一下"今天是什么日子"时，我才猛然醒悟，心想这下坏了，关键时刻老婆的生日我又忘了。查都不用查，我立马给爱人发了四个字"生日快乐"。为表祝贺和歉意，我又委托花店在下午上班时给爱人送去一束鲜花，心里才略略宽松些。当然爱人并没有埋怨，婚后这么多年记不住妻子的生日已成常态了。虽然如此，今天我还是对自己的不长记性心生自责，也对爱人的宽宏大度心存感激。

也是的，平日里因为事务缠身，外出又需要办理烦琐的请假手续，以至于很难能有机会回老家去看看年逾古稀的父母。想想父母一生辛劳，现在年纪大了，身体也不如从前了，心里还时时刻刻挂念着不在身边的儿女，而我却时常以"忠孝不能两全"为借口，少有侍奉于父母身边，多有不孝。可怜天下父母心，父母一把屎一把尿把我拉扯大，含辛茹苦供我读书上大学，年迈了还在操心我的工作和小家庭。多么淳朴的情，多么纯真的爱，让我因有这样的父母而四季温暖，工作生活中无论遇到什么困难也能笑而解之。有时，我也会在夜深人静的时候，回想父母陪伴我长大、抚育我成人的点点滴滴，想象着父母一天天变老的情景，责备着自己不能日日伺候好父母的不孝，而每每会在此时心头一热，泪水不由自主地涌出。

今夜也是如此。再想，这一夜我定然是心潮起伏、彻夜难眠，还是下决心抽空回去看看父母吧！

为父亲回忆录而记

2013年,父亲因病在惠州住院治疗一个多月。其间,不少亲戚朋友到医院看望他、鼓励他,这让他感到非常欣慰。高兴的时候,他会向来人滔滔不绝地讲起一些陈年旧事和人生经历。或许是我们平常对父亲的关心、关注太少,抑或是父亲本来就没想过将人生往事一一向我们诉说。作为子女,对于他所讲的诸多往事,还是第一次听到。我感到新鲜,因为知道了此前所未知的父亲的故事;我又感到惭愧,因为自己对父亲知之甚少;当然,更多的是为父亲感到自豪,因为父亲太令人钦佩了。

当时我就萌生了一个想法,父亲一生勤劳上进、乐学善研、辛苦耕耘、养儿育女,实在不易,是不是可以鼓励他把人生的奋斗历程和艰辛生活写下来留作激励子孙后代的精神财富。这既可以为父亲增强战胜病魔的信心,又从心理上有助于他的身体康复。

当我把此想法与父亲一说,果然他乐于接受。且等不及出院就动起手来。由于他平时爱读书,记忆力又好,虽然文化程度不高,却不乏写作和文字基础,不过数日工夫,便写下了六七千字。我赶在他做手术前亲自用电脑把初稿打印出来，放在他的病床上用来激励他。

病愈出院后，父亲越发来劲，他不顾身体尚弱，马不停蹄地接着写。仅花了两个月便完成了七万字初稿，这是我始料不及的。我很想趁热打铁，帮父亲把回忆录尽快整理成书。由于父亲上了年纪，又从未写过如此长篇，虽然传记内容充实，不乏故事，但时序凌乱，表达欠妥，等等，使我一时不知从何入手，加上自己工作忙，也缺乏此方面的经验，故一拖再拖。至今年初，自觉得再不把书整理出来就太对不起父亲了，无奈之中，只好求助于惠州市作家协会。陈雪先生很热情也很支持，他特地找了两位与我父亲年纪相仿的老作家阅读书稿并征求意见，又亲自阅稿修改，整理时序，归类章节，使父亲的回忆录有了书的模样。

定稿审读时，我再次阅读了父亲所写的人生故事。这些经历，虽然不是父亲人生故事的全部，文字叙述也略显简单，但从简单的、原汁原味的故事中我第一次真正读懂了父亲。阅读过程中，我为忠厚老实、诚孝善德、乐学上进、聪慧敏悟、克勤克俭的父亲感到自豪，感到心酸，以致数次眼含泪花，泪滴稿纸。

读完全书，父亲的形象在我的心中愈加清晰。

父亲是一个真性情的人。他性格直爽，做事说话直来直去，从不拐弯抹角；他心地善良，朴实无华，乐于助人；他真诚待人，喜正恶邪，不与人结怨；他淡泊名利，胸怀

坦荡，不趋炎附势，也不会向不喜欢的人和事妥协。

父亲是一个忠义诚的人。他虽然不是共产党员，但他有一颗忠于党和国家事业的赤诚之心。无论在什么岗位，都能严格要求自己，舍小家为大家，按组织的安排和布置认真履行职责，出色完成上级交给的任务，哪怕多次因公受伤，也从不向组织提出过分的要求。对亲朋邻里，对同事上级，对服务对象，他都以诚相待，仗义执言，轻财重义，赢得大家的一致好评。

父亲是一个善孝德的人。父亲的"孝"在村里和单位是尽人皆知的。我爷爷脾气暴躁，常会为一些小事莫名发火。父亲对我爷爷有时蛮不讲理的责骂和埋怨，虽然心里有委屈，但他不争不辩、不吵不闹，顺从行孝。爷爷奶奶身体不好，都是父亲寻医问药，悉心照料，无微不至。对我外婆也是承欢膝下，孝顺有加。父亲将孟子"老吾老以及人之老，幼吾幼以及人之幼"的中华民族传统美德奉为庭训。不仅对自己的父母极尽孝道，对村中长辈、亲戚长辈、有才有德的乡贤也很是敬重。爷爷离世后，父亲悉心照顾年迈的奶奶，尽到了"床前孝子"的义务，直至奶奶带着幸福毫无遗憾地含笑极乐。

父亲是一个勤敏进的人。他只上了几年学，便因为家庭缘故弃学从工。但他没有放弃学习，一有时间便自己看书自学。由于他有恒心和毅力，有很强的记忆力和钻研精神，学什么都很投入、很上手。他没学过物理，没受过机械方面的专业培训，而凭着自己看书、思考、钻研、实践，掌握了柴油机、发电机、抽水机、汽车等多种机器的运行原理、组成结构以及机器拆装、病因分析、维护维修，以致成为县里小有名气的机修师傅。他没学过管理，却于年纪轻轻时就在矿山当起了管理员，在排灌总站时当起了仓库管理员，而且干得非常出色。我没有理由不佩服他，他一生对待学习和工作都很勤奋，上进心很强，做什么都不甘落后，时时刻刻不忘学习，不忘思考，直至退休之后仍一如既往。

父亲是一个慈爱严的人。父亲和母亲共生育六个子女，他们对子女的养育煞费苦心。他们没有重男轻女的思想，希望每一个儿女都能健康成长，成人成才。我们兄弟姐妹小时候，父亲的要求很严格，要我们学会做人，做脚踏实地的老实人。一旦我们兄弟姐妹中有人犯错，父亲必定是严厉训斥，严肃教育，当然他不是那种高高在上的说教或者简单粗暴的体罚，在批评的同时给我们讲道理、讲对错。在他宽严有度、严而有爱的管教下，我们兄弟姐妹学会了诚实做人、互谅互让。父母把我们一个个送进学校，并勉励我们珍惜时光，刻苦学习。我们也算争气，学习成绩都不差。我大哥成为恢复高考后村里第一个通过高考考上大学的人。后来我也考上了。父母亲常说"不管男孩女孩，只要想读书能考上，我们再苦再累再困难也支持"。是的，倘若没有他们的开明和远见，没有他们的支持与激励，没

有他们的辛劳与无私，我们的命运可能就不是今天这样了。

父亲和母亲相濡以沫，甘苦与共，孝老爱幼，辛劳一生，无怨无悔。如今都已年逾古稀，儿孙满堂，虽非大富大贵之家，却也衣食无忧，儿孙孝顺，两位可以颐养天年。父母给了我们生命和力量，给了我们温暖和慈爱，我们将永远铭记他们的养育之恩和抚爱之恩，并将他们的善、孝、爱一代一代传承。

在父亲的回忆录成书之际，我谨代表父母和我们兄弟姐妹等家庭成员，衷心感谢惠州市作家协会、成都天恒仁文化传播有限责任公司的陈雪、杨城、蔡雨田、林国强、余鑫等诸位老师的大力支持，感谢一直以来关心呵护我父母和为《岁月如歌》出版发行给予无私帮助的其他亲朋好友！

（2016 年 7 月于惠州）

范和村——和谐之范

多次途经国道324线，常看到有一路牌写着"范和村"，自以为与见过的众多村庄一样，没什么特别之处。直到在报纸上看到"广东十大最美古村落"中有惠东范和村的名字，眼前一亮，怪自己孤陋寡闻，责自己多次擦肩而过，未曾走近领略古村风韵。于是到访范和村便成了我日思夜想的事情。

一个风和日丽的周末，我满怀兴奋之情，抱着探究的心态，带着家人和朋友走进了范和古村。

由于热心朋友的引荐，我们一到村口就得到村委会罗委员的热情接待。时值盛夏，又是午后，火辣的阳光直射头顶，让人热得汗流浃背，但丝毫没有影响我们的心情。在罗委员的引领下，我们先走上了村口一个绿茵覆盖的土丘，村民称它为"猪山"，站在山顶，范和村尽收眼底。放眼望去，村落枕山面海，山作屏障，村纳海韵，土地平旷，古屋新居，错落有致，宫庙教堂，星罗棋布，确实是稔平半岛一处古老自然、富庶美丽的聚居之地，让我们无不佩服古人的眼光和智慧。

徜徉于范和村的每一条巷子，每一个屋围，每一座宫庙，我们发现这里处处都记录着广为流传的故事。在这些故事中，我读出了其中的意蕴，那就是该村数百年来演绎着一种难得的和谐。

不同族群在这里相处和睦。范和村是一个族群众多的大村，村里有陈、林、郭、李等五十多个姓氏，他们的先祖多数是从福建莆田、泉州迁来，先后落脚开基创业。据乡间代代相传的说法，最先在这里开基的是高、王、郭三姓人家，而后有陈、林、李、吴、钟等众多姓氏人家相中了这块位置优越、土地肥沃、资源丰富的风水宝地，相继到此安家，开荒造田，下海捕捞，发展基业，开枝散叶。值得称颂的是，先民们对后来落户者都能欣然接纳，对他们开疆拓土、置地建屋不予干预排斥，没有因自己先入而占地为王、拒绝外来、强霸一方。

随着数百年时间的推移，不同族群不断落居、聚集，小村在慢慢地变大，族姓也逐渐多了起来，以致发展成为人口众多、人气兴旺的自然大村。他们没有因族群有异、姓氏不同而互相设防，相互排挤，发展宗族势力，以强欺弱，而是和睦相处、守望相助。不像有些地方，不少同村的甚至是邻村的，常常异姓相斥，为争地盘或有什么鸡毛蒜皮小事便以宗族第一为名拳头相向，大打出手，积怨积恨，甚至于发誓彼此世代断交，互不嫁娶。听介绍，在林姓落业的吉塘围中居住有邱姓人家，但邱姓人没有林姓人发展得那么好，林姓人常常照顾着邱家人，直至后来邱家想搬走，林姓族人还多方挽留，可见他们是多么注重邻里的和睦，注重不同宗支的相帮，既没有排挤他人，也绝不以大欺小、以富欺贫。

岁月更迭，沧海桑田，长时间的发展融合，各族姓自然繁衍生息，人口不断增多。由于倚山靠海，地理环境优越，该村在明清时期得到朝廷的重视和利用、开发而发展迅猛，渔业和盐业更是发达，由此孕育了农、渔、盐、商诸多从业者。他们各自从事种养、捕捞、晒盐、经商，互相尊重，互相帮助，没有因从事的职业不同而互相瞧不起，没有因竞争夺利而互相贬斥，没有因我强你弱而弱肉强食，共同构建了一个众业发展、商贾繁荣、一派繁华的大型滨海村落。我想，这方丰饶和谐的村庄，不正是千百年来人们所向往的"桃花源"吗？

不同文化信仰在这里相互渗透。文化是促进一个族群、一个地方发展的不竭动力。数百年的历史更迭和文化积淀，形成了范和村多元而丰富的文化，可以说，它是不可多见的多态民俗文化的标本。村里的人多是因为历朝历代的战乱，从中原地区几经辗转迁徙而来。因其族群众多，来处复杂，文化多元，他们使用的语言，生活的礼仪，饮食的喜好，婚丧的习俗，节庆的形式，娱乐的方式，艺术的创造，建筑的风格，皆有差异，由此在同一个村里出现了客家文化、福佬文化、广府文化等不同的文化元素。不是吗？

富有迁徙精神、质朴无华、务实避虚、崇文尚武、互相提携的客家文化。富有开拓精神、广纳兼容、勇于冒险、善于经商、勤于创业的福佬文化。还有富于开放性的广府文化等。这些不同的文化生态在这里落地生根、繁衍发展、彼此交融，形成了独一无二的生态圈。翻开历史，我们不难发现，虽然这村里的不同族人文化迥异、民俗不同、民风有别，然而他们都是炎黄子孙，身上流淌的都是中华民族的热血，都有共同的文化基因，都有着爱国守家、忠孝仁善、勤劳进取的民族特性，这使得他们在漫长岁月的相处中相互尊重、相互学习、相互融合、相互影响，取长补短，共同发展，代代传承。

　　走在村里的街头巷尾，细看形式多样的建筑，倾听村民的述说，我们发现，村里很多建筑物的风格，如屋围、戏台，已经不完全是本族群建筑的特点了，而是吸收了其他族群传统建筑的优点。不少的民间习俗也都已经是你中有我、我中有你了。这不就是范和村人彼此接纳，兼容并包的生动体现吗？令人惊奇的还有，在一个村里就有粤剧、潮剧、白字戏等多个不同地方剧种，可以想象，长久以来，在几处不同风格的古戏台上，不同的戏曲在这里定然是你方唱罢我登场，何其闹热，何其喜庆。更为神奇的是村里所到之处都有神灵落脚，宫庙琳琅满目，村民从各处而来，信仰有别，而不管如何，他们在这里崇拜着各自的崇拜，让众神在此方各获一席之地，正说明了不同的信仰在这里相安无事，融合共处。

中华儿女在几千年的历史长河中，不断地优胜劣汰，不断地去粗取精，不断地发展壮大，不断地孕育文化，不断地形成信仰，这是中华民族历经风雨沧桑而屹立于世界的优秀基因。我们今天所到的范和村是杂姓而居、万人同聚的大村。古今数百年，虽有大族小房，大围小屋，富人穷民，农渔工商，但他们海纳百川，光前裕后，和睦绵延。我以为，它便是广袤祖国、华夏民族百折不挠、团结奋进、和谐发展的一个小小缩影，是一个和谐社会的典范。古风犹存，质朴无华，文化底蕴深厚，兼具内在美和新发展潜质的和谐范和村，将展现更加壮丽的未来。

重拾回忆

那年夏天,我怀揣着含有余温的"毕业证书"和"报到证",在炎热而又多雨的季节,搭上了从老家开往惠州的长途汽车。不怕被笑话,除了距离土生土长的老家不到一百公里的大学所在城市,这次是我第一次远离家乡,到从来未曾到过的、不知长啥样的陌生地方。到了目的地才知道,原来惠州城市并不大,公共环境也一般,没有想象中的大城市那般繁华喧闹,与自己心中的期望有些偏差,不过惠州的自然禀赋还挺不错。总之,对于这座城市,心里既谈不上乐不可支的喜欢,也说不上黯然神伤的失望。

因为,来这里,也算是自己的选择。记得当年高考填报志愿,我并没有选择师范类学校,但由于当地教育部门为了提高入围学生的录取率,都帮助学生"服从调剂"了。还好,在读三年,学习不算辛苦,课后看电影、郊游、逛街的自由空间和时间还是蛮多的,算是把日子过得挺惬意。故而,虽然并不是十分喜欢师范,但也随缘而乐了。因为读师范就基本意味着毕业非常可能当老师,那不是我的梦想。我爱戴老师但并没有想过自己要成为老师,不过既是命运安排也只能欣然接受了。那时在家乡，老师待遇低，地位不高，所以我在毕业前就时时暗自思忖，毕业后往何处去？

经过自己比较长时间的思想斗争，终于下定决心，毕业后远走他乡，不回老家，争取分配到远离家乡，没有人认识的地方，当然最好是比较发达的城市。运气还不错，毕业时我接到了到惠州的"报到证"，也算是圆梦了。

在市、区两级教育部门沟通协商后，我被分配到市郊的河南岸中学工作。尘埃落定，心里也自然安稳了些，就像大姑娘找到了婆家，说实在的，刚开始还真是有点小兴奋。

谁承想，兴奋的心情就如那夏日天气般瞬变，仅仅维持了两天便转阴了。心情的变化，或者说有些许失落是到学校报到时开始的。

到单位报到，意味着自己身份的转变，从学生变成老师，将要手执教鞭了，也意味着自己不再靠父母，能自食其力了。从自然人变成了"单位人"，那该是多少同龄人暗暗羡慕的呀。此时此刻，心中的愉悦感油然而生，脑子里不时闪现自己所描绘的憧憬画面。

那天下午，我借了一辆自行车，紧跟着带我到学校报到的骆校长，一路从下角中路出发，穿过弯弯曲曲并不宽敞的市区马路，来到了花边岭。从下角到花边岭的路程比较远，一路骑行，多少还是有点累，我俩便在花边岭一酒店前面稍作停歇。站在花边岭向南望去，前方已不见刚刚路过的市区模样的景象，映入眼帘的是与树丛交相掩映的散落的农村民房，是地地道道的农村图景，展现在面前的则是刚刚被雨水冲刷浸泡过的红泥土道路。视野之内几近荒凉的农野和难以迈步的泥泞道路，让我心间恍若受了深冬的冷风，顿觉阵阵寒意。

　　我俩推着自行车走在刚填起来又遭连日大雨浸泡的红泥路，相当吃力。前面一公里多的路段，单车根本无法骑行，因为车轮陷入泥土太深。我们只好将凉鞋脱下来挂在车头，光着脚推着自行车在蒙蒙细雨中缓缓前行。行进的速度慢得惊人，因为泥土很容易塞住轮框，使车难以推动，需时不时停下来，用手指抠出黏黏的红泥。就这样，边骑边走边停，约莫四公里的路程，足足走了一个多小时。何其狼狈，何其怅然。一路的艰难跋涉，虽然辛苦但还能默默接受，可路上目光所至田园几近荒芜、农屋稀疏破旧、人口稀少的典型落后农村画面却让我难以萌生喜爱之情，因为这还真不如我的家乡，偏偏又将是我要长时间在这里生活的地方。

　　伴随着骆校长一路的鼓励和安慰，好不容易到了目的地，总算松了一口气。正在心里暗暗庆幸"长征"胜利时，又一幕让人无法兴奋的场景呈现在眼前。几间披上岁月痕迹的瓦顶平房和一幢两层高的砖混房连接起来的回字形校园，便是我将要在这里工作的学校。环顾面积不大、破旧简陋的校园，看着木板不全、扇扇透风的课室门，看着玻璃残缺、锈迹斑斑的玻璃窗,看着墙面斑驳、天花板脱皮、地板崎岖的课室,看着课室内破旧的双人学生木制课桌、用课桌代替的教师讲台、用黑漆油在讲台后面的墙壁上刷出来的黑板,我真真切切感受到学校硬件的落后。这边,是家鸡们用它们的粪便在走廊上随意拼成的一幅幅"鸡屎图",面前是母鸡公鸡们全然不顾来人,若无其事嘻嘻哈哈地追逐打闹、艰难觅食的场景,还有不受约束而杂草丛生、碎砖满地如同野外荒地(因为放暑假没清理)的小操场。那边,东南面走廊转角处是由砖砌的简陋灶台、黑咕隆咚的大铁锅组成并堆满干柴草的学校厨房,而走廊的另一头,此时有一个教师家属正用一把破扇子在煤炭炉边扇风,点火做饭。眼前这一幕幕,让我那颗小心脏似遭遇石头撞击,血流不顺,刚才的那一点点来之不易的小兴奋顿时荡然无存,自己搜肠刮肚也无法找到一个准确的词来形容此时的复杂心情。

原就知道是郊区学校,办学条件肯定不会太好,可没想到会是如此难以描摹的情状,这的确与我的心理预期偏差颇大。要是预先知情,要是去之前就像现在有"百度"可查,有"北斗"可导,我想我也许会毫不犹豫地放弃。

幸而,我本就生活于农村,原来的生活条件也没那么好,受过苦,所以没有那么娇气,也没有太高的奢望。既是选择,又是组织安排,我不想自己有太多的心理斗争,很快便平静下来,不去纠结,不去自寻烦恼。既来之则安之，不怨天尤人，不自暴自弃。

高兴的是当晚我就得到了住在校内的同事的热情关心和帮助，使我的心里获得丝丝温暖。

不久也就开学了，已在学校驻扎多日的我很自然地融入了学校，投入了工作。我发现，学校的同事们都很淳朴、很真情、很友好，彼此互相关心，互相帮助，学校就像一个大家共同营造起来的温暖家庭。可能是我从外地来，举目无亲，又年轻好相处，学校的老师对我都特别关心照顾，使我虽身处异乡而无寄人篱下之感，虽无亲人在身边却有不是亲人胜似亲人的体验。我很快就认可了学校，更亲近了教育。

我印象尤为深刻的是，做班主任的那一年，也就是参加工作的第一年，在校长的鼓励下，我没有接受好心同事的善意提醒，勇敢地接过了一个大家认为"难剃头"的初三"问题班"，这也许就是人们常说的初生牛犊不怕虎吧。我虚心向老教师详细了解这个班过去两年的情况，尤其是变成"问题班"的原因；逐一找学生谈话摸清每一个人的个性特点，对班里"两派"中的"八大金刚"重点关爱、循循善诱、悉心教育；利用周末和晚上遍访了每一个学生家庭，寻求家长们的理解和支持；有意识组织班集体活动和主题教育，及时鼓励学生的进步……抑或是与学生年龄相仿易于打成一片，或许是真情所至使然，尽管方法并不高明，但凭着一方热情、一股激情、一片真情，在一段时间的接触融合后，我与学生及家长的沟通很是顺畅，相处也很好。班里的同学慢慢地在思想、行为上有了不同程度的转变，原本常常为芝麻小事闹矛盾、挑事的大都"听话""变乖了"，学习的氛围也逐渐变好了。约莫半个学期，班风班貌竟出现了令人意想不到的变化，这让学校领导满意，老师、家长也都肯定。我初尝了干事的甜头，也有了初出茅庐、牛刀小试的些小得意。第二学期，初三的三个班重新打乱分班，我接任了成绩较好的那个班，意味着要与原来班里的部分同学分开了。然而，一个学期的相处、互动，我已与学生们建立了难舍的纯真感情。要说人生有遗憾，就是在学校期间，我只是做了一年的班主任。虽然当了很多届学生的科任老师，也与学生有很好的师生感情，但说实话三十多年来，在我的众多学生中，这一届是与我感情最深的，联系也是最多最紧密的。这也是我一直最为欣慰，引以为傲的。

　　本来当老师就不是自己的选择，更谈不上是梦想，也说不上有多热爱。但一年来与同事、与学生的相处，备课上课、交流研讨、家访沟通、劳动运动、娱乐团建，让我既能学习提升，又充实生活，收获乐趣，也有了对自身能力的初步认同。我发现，实际上我已经喜欢上教育，并从心底决定这一辈子就从一而终，不换车改辙了，以至于后来有几位热心领导和朋友劝我或想帮我转行，我都婉言谢绝了。

我没有高大上的目标,没有好高骛远的追求,原想这一生就好好当个普通教师,平平淡淡过自己的小日子,到退休时收获个"桃李满天下",也算不枉人生,不负专业,不辱师门。

也许是自己的努力付出,也许还有老天的眷顾,我有幸一步步被提拔为学校的中层干部、副校长、校长。我内心既为被重用而欣喜,也为将要接受岗位挑战而担忧,毕竟自己年轻,资历太浅,要管理比自己年长又富有经验的老教师,又是教育教学工作,心里还是有点忐忑的。虽然我从来就没想过能有这样的好差事,但既然是组织的信任和同事的支持,我珍惜这来之不易,很多人梦寐以求而难以得到的岗位,不敢有丝毫懈怠,更加认真专心做事,更加虚心学习请教,更加勤奋努力工作。

当然,最让我挚情于教育,孕育了浓浓的教育情怀,并至今难以忘怀的是与师生们共同奋斗、一起生活的一个个动人的画面。

记得有一年中秋节,因为年轻老师多,而且好多是外地来的,家不在惠州,难以与家人团聚。我突然萌生了一个自娱自乐的想法。当晚,在学校操场拉上了电源、装上了电灯,摆上了一组组桌凳,搬来了一位同事家里的音响设备,再有各位老师自己贡献出的各种食物,如月饼、水果、糖果、啤酒、饮料等等。大家都非常热情、热心、大方,拿出来的"百家食物"摆满了好几张桌子。在又大又圆的月亮见证下，在秋风送爽的露台中，男女老少载歌载舞、吹拉弹唱、杂耍讲古、高谈阔论、东拉西扯、胡吃海喝、行前走后……宛若一处欢腾的海洋，引来了周边居民的羡慕和围观。夜深了，好多同事还意犹未尽，舍不得离去，甚至于第二天还在三五成群地激动讨论和细细回味。多年过去了，见到了一些同事，他们还不时提到此次令人久久难以忘怀的"自助赏月"活动。

在学校十五年的岁月中，我进入角色，植入情怀，融入师生，投入生活，注入心力。工作与生活、学校与师生、付出与收获、喜悦与惆怅，一幕一幕就像是电影里的一个个镜头，串起了我充实的轻松的愉悦的生活。一切的一切，诚如翻腾的大海、诚如广袤的田野、诚如飘香的果园，引我喜爱、引我陶醉、引我开怀。要说梦，这就是我努力追求并为之不懈奋斗的梦。要说情，这就是我之所以对教育不离不弃的情。要说爱，这就是我在这里启航从一而终的爱。

我与河南岸

这里所说的河南岸指的是惠城区南部西枝江畔方圆约三十五平方千米的一块行政区域，正在建设中的南部新城的一部分，也是我到惠州之后长期与之相伴的地方。

话说我这么一个孤身只影来到惠州的外地人，最先落脚的就是在河南岸这块不断蜕变的土地上。

二十世纪八十年代末，在改革开放正如火如荼向前推进，社会方兴未艾发展的喜人时刻，我被分配到河南岸中学工作，从此与河南岸结下了不解之缘。

当时，按组织的安排，我大学毕业后的第一个工作单位河南岸中学就地处河南岸。不管地理位置如何偏，也不管学校环境如何差，那毕竟是我从学生时代走向大社会的第一站，所以，我终生难忘。

说实在的，那个年代的河南岸就是地地道道的农村，相当落后。当时河南岸范围内有六个行政村，人口数万。农村民房规划较杂乱，分散建设，房屋简陋，难以见到高楼大厦。不管是村巷还是村与村之间的村道都是崎岖不平的泥土路，一旦遇到雨天，便都变成难以行走的泥泞道路。

刚到那年，恰逢修建穿过河南岸辖区的惠淡公路，填了路基未铺水泥时，道路非常不好走，骑单车从上面走一定是两轮胎沾满红泥，以至于单车骑进市区，人家就知道这人是从河南岸来的。如果下雨持续多天，这路就根本上走不了，必须绕道下马庄的羊肠小道。小路、小巷也根本没有路灯照明，一到晚上整个河南岸就是漆黑一片。河南岸整体地势较低，西枝江也流经此处，区域内湖泊、池塘较多，水域面积比较大。相对的农田却不是很多，难以看到成大片的庄稼。在小山岗或是田野上时常可以见到小队伍牛群，也让我们在山岗、小路、庄稼地里走时常会不小心踩到牛屎。那时候我就在想，这个河南岸在某种程度上讲还真比不上我本来也是农村的老家，至少老家村子大、人口多，烟火气浓。不过，我这人，就像那随遇而安的小草，适应能力还算强，不择沃土，落地生根，笑迎阳光。

不知是老天安排，还是命运使然，抑或是有缘，似乎工作首地，便是我人生不二的归宿。

不是吗？进入惠州，就在马庄冰塘路口河南岸中学（旧址）工作生活了三年。尽管校园远离市区，校舍简陋破旧，住房与老鼠相伴，北风关爱有加，我还是渐渐适应，慢慢接受，真的喜爱。

进入九十年代，为改善办学条件，河南岸中学启动搬迁计划，重新选址在比较靠市区的河南岸村。新址离市区近，不过仍然是不折不扣的农村。新校周边，是东一块西一块的稻田，是大一方小一方的水塘，是高一片低一片的荒地，是长一堆短一堆的杂草，是穿过稻田水没脚背尚未修好的泥泞道路。校园唯一的教学楼，金鸡独立于近乎原生态的自然环境中，也算是羡煞旁人。总算有了新校园，有了比较像样的课室，虽然条件还未完善，那也比老校舍强多了。起初，我住在教学楼里。后来，学校不断扩建，日益完善，还建了教工宿舍，我也有幸成了教师宿舍楼的一员，这一住就是十几年。

十多年在这里工作、生活，我见证了河南岸的慢慢长大，慢慢成熟。不断完善的规划和建设，使河南岸有了笔直宽敞、布设路灯、两旁种树的纵横道路，有了布局合理、拔地而起、崭新现代的新楼房，有了城市化、成规模的住宅小区，有了巷道硬底化、灯光闪亮的农村，有了不断改善、日趋美化的环境，有了源源不断选择居住、纷纷涌进来的人口……使河南岸变成了烟火气越来越浓的社会主义新农村、惠州市区最热闹的城乡接合部。也让我对这块地方由陌生到熟悉，从不屑到喜欢。因此，在潜意识里，就想这一辈子都住在这里，直至终老，哪也不去，尽管它仍是比较落后的城乡接合部。

21世纪初，惠州城市发展速度加快，河南岸也随着加大开发步伐，可谓是一片欣欣向荣，城市元素愈来愈多。下埔、江北、麦地、桥东、河南岸等片区新建了不少新的住宅楼和新的住宅小区。具备一定经济条件的人都争先选房换房，我也心有所动。

不过，在普遍都往市区中心区域选购住房时，我却没有从众。我一心一意就只考虑在河南岸片区找房，虽然也有朋友、同事热心推荐桥东、江北不少人喜欢的小区，但我不为所动。最后，也确实把人生第一套商品房买在了河南岸。这难免让一些朋友不解，毕竟很多人都觉得这里是郊区，相对落后而且比较杂乱，不少人都说在河南岸走总会迷路。

在河南岸这一住又十多年过去了，河南岸也随着惠州发展大势发生翻天覆地的变化。道路、绿化、公园等城市基础建设不断完善，环境变得更美了，交通更方便了，人气也更旺了，农村真正变城市了。我也暗自庆幸当初的决定是对的，房子选在河南岸没有错，也常常建议正在选购新房的朋友认真考虑河南岸的房子。甚至，自己还很早前就暗下决心，等再有机会换房时，就选择在金山湖岛内。要知道，跟家人、朋友说起这个想法时，他们还在笑话我，因为那时金山湖岛内除了湖山村和冰塘村村民的房子，还是荒凉一片，尚不知何时能重新规划，何时才能开始开发。我说那就当作"梦"吧，也许哪一天梦就实现了呢。

说来也巧，在我有了那个想法的三年后，政府真的开始规划这片土地，接着有房地产公司着手新楼盘的开发，让我有些欣慰，也有了希望。

五年前，我终于如愿以偿，在金山湖岛内选购了一套临水的新房，实现了多年前的梦想，也再一次印证了不选他处，只选河南岸居住的坚如磐石的决心。

如今的河南岸，已然是惠州市区繁华的城市新区，是市民置业安居的重要选择地，是惠州城市未来发展的核心区域之一。

人生就是奇巧，凡事也多有偶然。除了居住，我三十多年工作的地点也基本上都是在河南岸。不经意一想，我这大半生过去了，但无论是居住生活，还是工作地点基本上都是在河南岸这片日新月异，快速发展的热土上。这里，有我的很多同事、学生、朋友，这里有我工作生活的足迹，这里有属于我的心路，这里有我参与的趣事，这里留下了我的汗水，这里记住了我的笑声……今日，我常在想，对于河南岸，我是不是一直以来就是潜意识认可，下意识喜欢，前瞻性看好。我与河南岸，是不是就是绿叶对根的情意。

辑二 拾萃

钓 鱼

今天天气好，心情也不错，本来很少运动的我也心血来潮，独自到金山湖公园散步。到了一处临水的空地，看到有两个人在钓鱼，便凑近一看，只见他们各掌控了三条鱼竿，正全神贯注地盯着水面上的浮标，似乎非常投入，搁在岸边的水桶里只有两条不到巴掌大的小鱼在惊慌地游动。

我不是想去关心他们能不能钓到鱼，钓了什么鱼。而是看到此情此景，让我忽然回想起曾经也有过的钓鱼经历。细数了一下，由于诸多原因，我已近二十年没有钓鱼了。

说起钓鱼，可以追溯到我的孩童时代。我家在农村，先祖们在建造屋子、村围的同时，也跟其他地方的很多村庄一样，在村口挖了一口大鱼塘。记得小时候，每到夏天，天气炎热，无论大人、孩子，会有很多人下到塘里游泳、戏水，既是解暑，又是玩乐，尤其是中午和傍晚时分，这里便成为村中的一个乐园。那时，还没实行承包制，这个塘是公家的，每年春节前才干一次塘，也就是养了一年的鱼，这个时候方才抓起来分给各家过年。

我家离鱼塘很近。也许是出于好玩,也许是因为嘴馋,我与几个小伙伴常常会在夏天,尤其是刚下过雨之后,偷偷摸摸到鱼塘钓鱼。当时,钓鱼工具不像现在高级、齐全、讲究,简单得很,无非是一条丝线、一小根竹竿,鱼饵就是煮熟的番薯或地里挖来的蚯蚓。因为是公家的鱼塘,平常也有人兼着看管,不能明目张胆地钓鱼,我们只能选择中午多数人在午休的时间悄悄地进行。每当鱼来吃钓,心里就扑通扑通地,既无比兴奋又十分紧张,生怕鱼跑掉,期望能钓上,还怕被人发现,那种七上八下、做贼心虚的心情,现在想来也觉得幼稚可爱又滑稽可笑。一旦钓起了鱼,管它是半斤八两的,还是五钱一两的,定然是如获至宝,喜不自禁,以闪电的速度掖在怀里就往家里跑。每每此时,心中的高兴劲要持续好多天。这段孩童时代懵懂无知、天真无邪的经历,那种活蹦乱跳、童心未泯的乐趣,那种眉飞眼笑、乐不可支的得意,至今仍铭刻在我的脑海中,也时常出现在梦里头,成为我人生一段童话般的美丽记忆。

到惠州工作后,住在河南岸,这个区域水源丰富,湖、塘很多,自然养鱼的也就随处可见。工作之余,我常利用周末,约上三两个朋友、同事出去钓鱼。

这时候钓鱼就是比较用心准备了,预先选钓竿、选鱼钩、选浮标、选渔网、选饵料,乃至于备坐凳、备太阳伞,那才真叫郑重其事、全心备战、全副武装。

喜欢钓鱼并非我很喜欢吃鱼,主要还是寻找乐趣,消磨时间。

我们选择钓鱼的地点最多的是在河南岸区域内，偶尔也会到其他地方。鱼塘、山塘、水库、湖湾、小河都是我垂钓的好去处。在室内伸出窗口钓、蹲在厕所里钓、站在河边钓、坐在凳子钓，自己钓、伴朋友钓、与同事钓、带孩子钓……涉足范围广，光顾水域多，钓鱼方式活，快感常相伴，时间过得快。

但说实在的，对于钓鱼，我并不专业。不像专业垂钓者，对于不同季节、不同天气、不同水域、不同鱼类的活动规律，对于不同的鱼类喜欢什么样的饵料，对于水深水浅、早中晚时段垂钓时该如何把握等等，我都缺乏研究，知之不多。所以，我钓鱼，还真有点似姜太公，顺其自然，不求收获满满，但求过程愉快。

那么多年下来，在钓鱼经历中也算是获取了丰硕的战果，收获了很多的经验，得到了不少的启示。有些还给自己留下了相当深刻的印象。

曾经，在一个仲秋周末的下午，我兴致勃勃出去钓鱼。到了距家四公里多的金山湖一位本地朋友的鱼塘，才注意到天气阴凉且又刮风，觉得此时的鱼应该不好钓，就想干脆算了，不下钓，就在那喝喝茶、聊聊天。无奈后面还是心不甘、手痒痒，想试试。于是，拿出了钓具，摆出了架势。同去的朋友比较有经验，他也认为这天气鱼难钓，就跟我说："你去钓吧，我在里面喝茶。"没过几分钟，鱼上钩了，猛往远处拉线，我因为比较随意，猝不及防，有点措手不及，差点鱼竿都被拉进水里，幸好还是及时抓住了。可那家伙力气非常大，快速往外游，一下子就到离岸边三十米开外的位置，我觉得自己很难制服它，便大声喊来在屋里喝茶的朋友帮忙。我一手紧紧握住钓竿握把，一手按着绕线轮，心里扑扑跳。朋友站在我身边，一手托着鱼竿以便随时出手帮我，一边做着指导。当鱼用力往外拉时我便放线，避免与其激烈对抗；当鱼往我近处游时，我便适当收线，以防其脱钩，并有效控制它。就这样经过了好几轮，又放又收，时不时把它拉到水面，耗它的气力，待见它已精疲力竭，我便慢慢地小心翼翼地往塘边拉。两个人用了二十多分钟，费了好大一番功夫，忙得额头冒汗，与其斗智斗勇，终于将这条六七斤重的鱼弄上岸来。令我俩更为高兴的是，这鱼是条黑皖鱼，平常不易钓到，且这么大，甚是难得，还居然成为我们的盘中餐。我们一是有意外收获的兴奋，二是担心塘主朋友知道了可能会有点心疼，就匆匆收拾家当，启动摩托车，头也不回地一溜烟跑了。而且直接就把这条"好家伙"送到了一家饭店请代为加工，找来了几个朋友美美地享用了得来不易的"胜利果实"。这是我亲手钓起的，又是可遇不可求、平常很难钓到的，而且是费了些功夫的，甚觉难得和珍贵。这次，既真真正正地享受了钓鱼过程的愉悦快感，又积攒了一点钓大鱼的经验，心里的得意溢于言表。那晚我感觉这鱼吃起来特别鲜美，特别让人回味无穷。

　　还有一次，我带着正在上幼儿园的小孩一起去一口鱼塘钓鱼。因为带着小孩，为安全起见，我选择了位置比较合适的地方，那里水相对浅些，不时可以看到鱼在浅水游动觅食。我心想，选在这，小孩看到鱼会挺开心，且鱼就在面前晃悠，应该比较容易钓。然而，万万没想到的是每一次扔下钓去，基本都有鱼来碰饵，可就是不深拉，好像对我给的饵料不屑一顾。弄得我不耐烦了，只要一看到浮标稍往下沉，就迫不及待地拉线，不过却十拉十空，没有一次哪怕是钓上一条小鱼来。小孩也站在我身边，拿着一根鱼竿，像模像样地在钓鱼。看他全神贯注、神情自若的样子，我还暗自觉得可爱又好笑。不一会儿，看他手一拉，还真给他钓上了一条鱼来。鱼不算大，关键是他轻易就钓上来，一点都不费劲。他一脸的高兴，手舞足蹈的形态自是无以言表。我借机表扬了他，本是想给他鼓励，给他信心的。谁也想不到，他竟然"批评"起我来了，说："爸爸，你钓鱼要有耐心。"这突如其来的"提醒"，让我感到意外，瞬间竟语塞，不知如何应对。是的，孩子说得很对，钓鱼是需要足够耐心的，我为什么拉了那么多次就没有钓上一条鱼来呢？还不如一个乳臭未干的小孩？我的确没有耐心，心里浮躁，急功近利，所以与面前优哉游哉游动示威的鱼们失之交臂。

　　我在为孩子小小年纪能有这种思想而感到高兴的同

时，也因孩子的这句话而数落起我自己来。的确，我从小时候开始，就不是那种静得下心，耐心做事的人。正如当年念大学时，我读的是中文专业，而且毕业后是要当语文老师的，按理我应该认真练练毛笔字，练好基本功，学好谋生本领，但是无数次暗下的决心，无数次拿起的毛笔，都因为缺乏耐心而放下，半途而废，以致今日仍觉得有些许遗憾。读书也是，有时真的很想看看书，博览广阅，以积累多点精神食粮，扩大自己的知识面，充实一下自己的灵魂，赶上日新月异的时代，但每每拿起书又放下，又常常是一本书读了部分就放弃。

这就是我，自小到大，性格浮躁，耐心不够，耐性欠缺。所以，不管是过去做的一些事，还是后面的钓鱼都一样，因缺乏耐心、耐性，做事总是三分钟热度，而常常无法得到所想的结果，达成更高更好的目标。我想，我如果能够从小培养耐心，修心养性，坚忍不拔，做每一件事都足够用心、专心，不乏恒心，一定能常常收获像钓鱼时满载而归的愉悦和满足，享受休闲、放松情绪，一定能真真正正、脚踏实地漫步多彩多姿的人生。也许，我还年轻，还有很多路要走，有很多事要做，我还可以继续努力，来一个涅槃重生的改变。

后　记

对于诗文，个人自是喜好，但要是说到写作，就有些眼高手低了。

上大学时，我读的是中文专业。因学习考试故，对古今中外文学虽学而不精，但还是有过接触的，也算有点喜爱。

参加工作后，我专业对口任教语文。读书与教书可是两回事，读书时"临时抱佛脚"，努力个几天，考试及格了就是万事大吉，可教书就不一样了，人们不是常说"要给学生一杯水，自己要有一桶水"吗？所以要教好学生，自己就得边教边学，教学相长。教语文，这也是个人在教与学中不断提升文学素养的机会。遗憾的是在学校工作的十几年，我没有拿起笔来，写下只言片语的诗或文。

至于后来有了些习作，还是得益于二"缘"。

其一，2012年母亲节前夕，我有意将家庭，尤其是父母的照片汇编成册，就把此想法告与作家陈雪先生，他非常赞同，并嘱我要为该相集写篇后记。我从未写过此类文字，觉得有点为难。在他再三鼓励和促动下，真的动起笔来，那是久违了的文字。当我羞涩地拿出初稿呈到他面前，向他请教时，却意想不到地得到他的肯定，还被他推荐在《东江文学》发表。这是给我莫大的鼓励，使我开始有了文学写作的一点点冲动。

也就是从那时起，当偶然有了游览感触或生活回忆时就有记录下来的欲望和行动。于是乎，就有了《湘西散记》《外滩源壹号》等与自己生活息息相关的记叙习作，而每每写出来那些本来不好意思摆上台面的"小东西"，无论是青涩的，还是成熟的，我都一定虚心向陈雪先生讨教。陈雪先生不仅对我的每一篇习作给予画龙点睛的专业指导，更是不遗余力地推荐到各种文学刊物发表，让我渐渐地对自己的写作有了信心。

其二，也是2012年，国庆节时我的一帮大学同学来惠州聚会，很多同学都是几年甚至二十几年未见过面了。我作为东道主，看到同学相拥相抱的情景，无拘无束的欢笑，推杯换盏的祝福，这些情意浓浓的场面让我很是感慨和激动，第一次突发诗兴，写了两首打油诗。说实在的，我虽喜欢古诗，但也只是欣赏，从未动手写过。不承想，这青涩的诗也同样得到陈雪先生的肯定。我心里知道，他是不想打击我，是在鼓励我，也是想培养我。

我学过古代文学，心里自然明白，写古体诗虽不像格律诗在字数、句式、平仄、押韵、对仗等方面的严格要求，相对来说格律自由，对仗、平仄不拘，押韵也较宽，但要写好还真不容易。有了陈雪先生的经常性鼓励，我当作一种业余爱好，一种生活调节，一种情感记录，便也写了一些生活随感的诗。但凡在工作生活中出现那么一点点灵感，我便搜肠刮肚地拼凑几句，然后时不时拿出来逐字逐句细细"推敲"，这才有了现在看到的一百多首诗。

我虽学的是中文，但从来没有过当作家的想法，因为我才疏学浅，自觉不是那块料，所以，岁月流逝，一晃二十多年却没有过哪怕只是一点文学写作的尝试。在学校工作时本可以结合所教学科发展一下的，无奈态度决定一切，错过了。后来因为从事行政管理工作，就更加没有这种想法了。若不是陈雪先生的一再鼓励和鞭策，我可能穷尽一生也不会留下诗呀文呀的。

我还要特别感谢好友黄子能老师，他对诗文、书法、易经、地理皆有深入研究，颇有建树。他在自身事务非常繁忙时不吝赐教，劳心劳神，为我的古体诗习作修改润色，使诗更具韵味。

因为工作关系，我的这些习作多数是2012—2014年写的，都是一些日常生活中顿生灵感时的记录，谈不上什么作品，只不过是自己生活中自我消遣的玩意。

正像陈雪先生所说的，我的习作多是游记，因为我的每次出去游玩，才有见闻、才有灵感。只可惜，由于工作等原因，这几年难有机会走出去，就少了对生活的感受，也就少了有感而发的诗和文，诚是遗憾。

这次在陈雪先生、黄子能老师鼓动和帮助下，将诗文结集出版，心里还是有点忐忑不安，毕竟这些都只是自娱自乐的即兴之作，难登大雅之堂。

2023 年 11 月 19 日于惠州